百果歌

上

九鷺非香

百鬼歌（上）

目錄

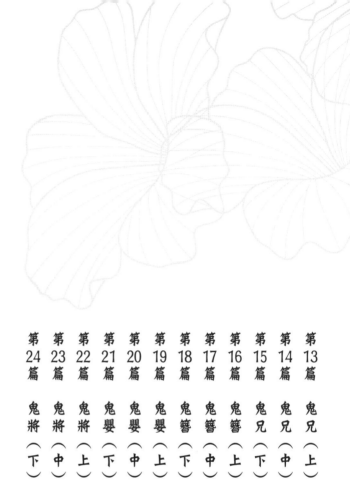

第1篇 鬼巫（上）

楔子

李員外家美名外揚的嫡女要嫁人了，夫君是沈家的公子，沈家特意為這場婚禮準備了十里紅妝，羨紅了無數看者的眼。眾人皆道這是一場門當戶對的美好姻緣。

兩家都在喜氣洋洋地準備著婚事，忙得不可開交，沒人會注意到某個清晨李元寶偷偷溜出了府。

李元寶是沈員外的第二個女兒，庶出的。這個身分註定了她會過上與姊姊截然不同的生活，一個身分將她的一生死死地綁住，掙脫不開，反抗不了。

元寶喜歡沈家公子，緣於那日午後，她在閣樓上繡花，絲巾被風的一吹晃晃悠悠飄出窗戶，她起身張望，卻見閣樓之下穿著天青色錦袍的英俊公子抓著絲巾望著她脣含淺笑，「是妳繡的？」

「是……」

「很漂亮。」

簡單的對白，一眼的時間，她便無可救藥地喜歡上了這儒雅的公子。

然而，沈家來提親，父親卻偏心地把機會給了姊姊。從小到大，最好的東西從來是姊姊的。她一直安心過自己的生活，但在紗帳背面聽到父親與沈家老爺的對話之後，在看見姊姊羞紅的笑臉之時，她感到嫉妒，深深地妒恨著這個同父異母的姊姊。

為什麼有的人總是好運？

她曾聽打掃馬廄的小廝與人談論過，在鎮外的迷霧樹林中住著一個會下蠱的巫師，只要給他錢，他就會賣出蠱蟲。

李元寶沒多少錢，但是她有一些金銀首飾，她全都收羅起來裝在包袱裡。她想買兩條蠱，一條下給自己的父親，讓他別再那麼偏心，一條下給沈家公子……

以後她就可以和他一起好好過日子了。

第一章

「亓天」是早逝的父母為他留下的唯一一件遺物。只是外界人都稱呼他為鬼巫，他也便漸漸忘了自己的名字。畢竟一個名字沒人呼喚，自然就沒了意義。

他自幼養蠱。

俗世中的人總有許許多多的煩惱和永遠也無法滿足的慾望，他養的蠱恰好能滿足某些人的需求。所以，儘管他獨居迷霧森林，仍舊有許多人不怕死地越過密林沼澤只為求一隻蠱蟲。

亓天有自己的規矩，一隻蠱蟲十個金元寶，沒有二價，無一例外。

只是，這世界之大，總會有一個人能成為誰的意料之外。

那日清晨，他在沼澤地中看見了李元寶，她已經在淤泥中掙扎了一晚，下半身陷入了沼澤中，披頭散髮，滿臉狼狽，她抱著半根殘破的樹枝勉強掛住上半身，眼中全是悔恨而絕望的淚。

亓天大概能瞭解她的絕望，卻不知她在悔恨些什麼。

聽聞有腳步聲緩慢而沉穩地走近，李元寶用力撐起腦袋，嗓音沙啞地喚，「救救……」

救救我。這三個字在她看見了亓天的臉之後盡數吞入腹中。

應該這樣。亓天明白，他體內天生帶有蠱蟲，蠱已成為他身體的一部分，與他同生同息，在他血液中游走竄動，令他的皮膚凹凸不平，青紋遍布，猙獰而可怖。

沒人會覺得這樣一張臉好看。幼時他被稱為「妖魔」，被族人驅趕，致父母成日奔波勞累喪命，便是因為這張噁心的面容。

亓天看了她好一會兒，漠然地轉身離開。

一隻手卻在這時顫抖地拽住了他黑色大衣下襬，「救救我……」

求生是本能，即便抓住的浮木可能是她眼中的妖魔鬼怪。

亓天微愣，而後蹲下身去十分平靜地將元寶的手指頭一根根掰開。他動作緩平淡，就像在拍開黏在衣服上的泥土。元寶驚懼地望著他手背上遍布的噁心青紋，看著他的動作，絕望地一言不發。

「救救我。」亓天離去之時聽見她在沼澤地中絕望地啜泣，像隻小狗，無助乞求著想要活下去，「求你，救救我……」

他腳步一頓，回頭看見她淚溼滿面，滿目絕望。他極淡地點了點頭，「嗯。」

亓天父母早亡，小時孤苦，養成孤僻古怪的性格，他不辨善惡，這些年不管是什麼樣的人來求蠱，只要對方能付錢，他便賣。他不救人也不殺人，他只賣蠱。

但這世間總有意外。

當亓天拿著繩索再找到元寶時，她已暈死過去。他想了想，走上前去將元寶搖醒。

此時的元寶渾身骨頭像碾碎一樣疼痛，她暈過去是因為真的忍受不了了，現在被喚醒，對於她來說無疑是一種莫大折磨。

她吃力地睜眼看著去而復返的亓天，雖然此時他的臉仍舊醜陋得讓人害怕，元寶眸光卻猛地亮了起來，「你回來……救我？」

亓天沒有答話，在元寶眸光漸漸熄滅之時，他青紋遍布的手突然掐住了她的臉頰。

元寶被掐得心驚膽顫，瞪圓了眼愣愣望他。

亓天掐了一會兒，問：「臉如此肥，吃多少肉才長得出來？」他已有很久沒有說話，聲音粗嘎難聽，像菜刀割破瓷盤的聲音。是以他自言自語了一句，便自覺地閉了嘴。

元寶狠狠傻住，但見對方問得認真，自己小命又握在他手上，她老老實實回答了，「是天生的，夫子叫這嬰兒肥。」

「手感……不錯。」

元寶忍辱，僵硬笑道：「你可以多掐掐。」

亓天老實多掐了幾爪，等掐得她臉頰幾乎腫了起來，看見元寶滿目委屈的淚，他才恍然回神一般放開了手。

他理出繩子作勢要套在元寶身上，元寶感動得淚花盈盈，而下一刻，當亓天把繩子在她脖子上套定時，元寶嚇得面無人色，慌慌張張地一把抓住亓天的手，一邊捏住套在自己頸項上的繩子，驚恐地問：「你、你這是作甚？」

亓天想了一會兒，「拔出來。」

拔出來？誰？套著她的脖子把她拔出來？

元寶嚇笑了，「不不，等等等等，猛士……猛士！」

粗井繩一緊，狠狠勒進元寶細白的脖子裡，她蒼白的臉色登時漲得青紫，十指僵硬地蜷為爪，食指不甘心地直直指著亓天，她雙眼暴突，目光宛如厲鬼一樣狠狠挖在亓天身上。

亓天拉住井繩的另一端，用力地拖拉著，盡職盡責地想將元寶救出來。

而事實上元寶確實被他救出來了，但也因此折騰掉了大半條命。

戳了戳昏迷不醒的女子的肉臉，亓天背起元寶，一步一步往自己森林中的木屋走去。

第二章

「元寶。」

有個很難聽的聲音在喚著她的名字，元寶皺了皺眉，不情願地睜開了眼，簡陋的屋頂，簡陋的木板床，蓋在她身上的被子潮溼陰冷，她小心地嗅了嗅棉被，登時被一股霉臭味熏得乾嘔。

脖子上浮腫了一圈，她吃力地翻身下床，衣裳上還有乾涸泥土，她渾身乏力得幾乎摔倒，而最難受的還是脖子。

緩過呼吸，她慢慢冷靜下來，轉眼打量這間昏暗的小屋子。屋中的擺設一覽無遺，簡單普通。只是桌上有個格格不入的紫黛色包袱。她走上前去，好奇地將包袱解開一個小口，往裡面一望，傻了。

一堆元寶擺在其中，金晃晃地耀眼。

「十個。」粗嘎的聲音從門外傳來，元寶聽到這個聲音渾身一僵，她摸著脖子，有些害怕，而又壓不住好奇地走到門邊，悄悄推開一個縫隙往外張望。

院子兩個男子面對面站著，她一眼便認出了那個黑色的身影便是套住自己脖子的男人，此時他將自己裹在一件黑袍子裡，幾乎連眼睛也沒露出來。對面的青衣男子將一個金色盒子遞給黑衣人，黑衣人掂了掂重量，而後伸出手，不知把什麼東西給了那青衣男子，駭得對方渾身顫抖，最後抱緊雙手，連滾帶爬地跑了。

元寶看得出神，黑衣人轉過身來的一瞬，元寶正好在他大黑袍中看見了那雙映著朝陽光芒的眼瞳。陽光將他臉上凹凸不平的青紋投影得更為立體駭人。

元寶捂住嘴，嚥下喉頭的尖叫，砰一聲將門關上。

當初在生死關頭沒注意這些，現在注意到了，她只覺心底一陣惡寒，方才她幾乎看見了在他臉皮之下蠕動的蟲子。她大致想明白了，迷霧森林、面相凶惡、收錢賣蠱，這便是她要尋的鬼巫。

她要和這樣的人做交易……

門外的腳步聲漸漸靠近，元寶心中緊張，急急躲到了桌子後面，戒備而惶恐地盯著推門進來的男子。

亓天眼神停留在她肉嘟嘟的臉頰上，待看到元寶脊梁發寒之後，他才垂了眼眸走到桌子一邊坐下，倒水，而後又靜靜盯著她。元寶冷汗直流，房間裡靜默了許久，她才緊張地絞住食指問：「你……還賣蠱嗎？」

亓天收斂了眼神，輕輕點頭。

李元寶咬了咬牙，心頭掙扎了一番，終是豁出去一般道：「我想買兩隻。」

「二十個元寶。」

李元寶摸了摸貼身藏在懷裡的金銀首飾，「我只有一些首飾……可以嗎？」

「不行。」他有他的規矩。他不喜歡金銀，只喜歡元寶，因為那個東西有相當圓潤的手感。

李元寶有些焦急，姊姊與沈家公子的婚期在一月之後，她沒有時間耽擱了，「可是，我真的很需要蠱蟲，你……您可以通融下嗎？」

亓天無動於衷，指尖在圓潤的茶杯口沿來回摩挲，他很喜歡這樣圓滾滾的手感。

被無視的元寶心中既是失望又是難過，圓圓的嘴無意識地嘟了起來。

茶杯中的水倒映出她嘟嘴的模樣，亓天的手指情不自禁地探入水中，卻只沾了一指溼潤。他抬頭，眸光定定地落在元寶的嘴上，「來。」他對元寶勾了勾手指。

元寶害怕地往後退了一步，摸著自己的脖子有些害怕戒備，「如如如果你真的不通融，便不通融罷，我認……」

亓天站起了身，繞過桌子，徑直走向元寶。

元寶又看見了他面皮下的蠱蟲在爬動，而這人卻似全然沒感覺一般，只冷漠地走近自己。元寶驚惶地連連往後面退，最後退無可退地撞在了牆上。亓天向她伸出手，元寶雙目瞪得老圓，見一隻黑色的蠱蟲在他手背的皮膚之下如魚躍水面一般跳躍了一下，而後又沉入他青紋遍布的皮肉之中。

元寶嚇白了臉。

他的手越來越靠近她的臉。

元寶緊緊閉上雙眼，心裡只有「認命」二字。

一陣靜默之後，帶著正常體溫的手指輕輕觸碰她的唇，食指與拇指捻動她的唇，像把玩一顆肉肉的珠子一樣。

「圓的。」亓天如是定論。

他難聽至極的聲音在耳邊響起，元寶愣然地睜開眼，他另一隻手又捻上了她的耳朵，在元寶的呆愣之中又道：「圓的。」最後他掐住元寶的臉，來回揉捏，很是享受這樣的感覺，「很圓很軟。」

元寶覺得這個「鬼巫」可能瘋了，「難不成……您是又硬又方？」

醜陋的臉慢慢靠近，他一口咬在元寶的唇上，一會兒啃，一會兒舔。元寶徹底傻了，她甚至能感到這人舌尖上偶爾有遊過的蠱蟲軀體。

當他離開，元寶只覺胃裡一陣泛酸，噁心欲嘔。

亓天很享受地瞇起了眼，「陪我二十天。」他道：「我給妳兩隻蠱。」

元寶只覺得寒到胃裡，她終是在驚嚇中回過神來，連連搖頭，慌張著貼著牆往旁邊挪，「不不，我不要蠱蟲了。」

亓天不滿地瞇起了眼，「妳要。」

「我不要了！」

元寶心底的恐懼此時終於達到了顛峰，她顫抖著往旁邊挪，離亓天越來越遠，她用力地擦著方才被他觸碰過的地方——

「我不要了，我只是想過得更好，我只是想過得像姊姊一樣好，我只是不想被忽視……但要是和你在一起了二十天，我就是有蠱蟲也過不好了。」

見她離自己越來越遠，臉上的懼怕與嫌惡也越來越明顯，亓天眉眼冷了冷。

在他記憶中，外面的人都是這樣一副面孔，冰冷尖銳得讓人噁心。他向元寶伸出了手，「妳要走，把肉臉留下。」

元寶被這話嚇懵了，見亓天向她靠近一步，她拔腿就跑。

亓天冷冷一哼，手一揮，蟲蟲自掌心飛出去，緊緊貼上了元寶的後頸。

元寶一聲悶哼，隨著蟲蟲在她皮肉中隱沒，她眸中的光也漸漸消失。

第2篇

鬼巫（中）

第三章

亓天給元寶下蠱之後，面臨了一個最為棘手的問題——吃飯。

他的體質早為蠱蟲改變，每日只飲朝露便能自如活動。但元寶在被餓了兩天之後臉色明顯難看許多。她臉上的肉摸起來手感下降了許多，為此亓天很不滿。

當天亓天在迷霧森林中獵了一隻野雞。

他在後院點了一堆火，歪歪斜斜地架了口鍋，而後把活生生的野雞齊齊丟入鍋裡，蓋上鍋蓋，聽見裡面的聲音從翻天覆地到寂靜如死。他將燒至黑糊狀的食物拿盆裝了，給元寶端進去。

這是兩天以來元寶吃到的第一頓飯，焦糊的食物抹黑了她的嘴，味道聞起來就刺鼻難忍。但元寶沒有一句抱怨，亓天餵，她便張嘴吃，聽話地嚼兩下，然後嚥下去。

亓天早已被蠱蟲折磨得沒了味覺，見她吃得這麼乖，他覺得興許他做的東西只是賣相差了點，想到以後能這樣養活肉臉，他覺得很有成就感。

「以後我們在一起。」他舀了一勺黑色食物，有點彆扭地塞入元寶嘴裡，一些「粉末」順著元寶唇角灑下，他不嫌髒地用自己的衣袖替她揩去，「以後我養妳。」

元寶自是不會回答「不好」的，因為她同樣也答不出「好」。

但是她的肚子是極誠實地回答了「不好」。

「嘔！」一聲嘔吐聲驚醒了睡在元寶身邊的亓天。不滿地放開正捏著元寶耳朵的手，亓天睜開眼，看到懷裡的人吐得渾身痙攣，登時皺了眉頭。他起身下床，將她扶起來，元寶還沒坐穩，喉頭又是一哽，「哇」一聲吐了亓天一臉。

房間裡登時惡臭沖天。

亓天臉色半點沒變，十分淡然地抹了一把臉，把黑糊糊的東西擦去，他抬頭望著元寶，盯了好一會兒才冷冷道：「妳是故意的。」

元寶的目光只是呆滯地看著前方。

亓天狠狠戳了戳她的臉，「妳不乖。」

像是報復似的，他話音未落，元寶又是一聲掏心掏肺的嘔吐。黏膩地沾了他一身，末了她肚子「嘰咕嘰咕」的叫了幾聲。亓天微妙地瞇起了眼。

這個女人……居然在他的床榻上腹瀉了！

他頭一次有了一種名叫噁心的感覺。

亓天花了一整晚的時間把元寶和他自己打理乾淨。第二天早上他把元寶抬到院子裡坐著，自己將房間打理好了，中午又把她抬回屋子裡，剛坐下來歇了一會兒，他摸著元寶的臉十分不滿現在這種不飽滿的感覺，他記起元寶又該吃飯了，剛起身想去生火，卻又恍然想起自己是為了什麼才會忙成這樣。

他總結了一番，恍然大悟，原來，他做的東西……有毒。

意識到這一點，他是感到有些頹敗的。

要不要解了蠱把她放回去呢？等她把肉養多了再搶回來……這個想法在亓天的腦海裡一閃而過，他皺起了眉，沉思一番之後他終是一轉身，出了迷霧森林。

這是十年來他頭一次走出迷霧森林，只為了——入庖廚。

這或許是他這輩子做的最猥瑣的一件事——蹲在煙灰積得老厚的房梁上偷學廚藝。

亓天天資聰慧，記憶力極好，但是一天的偷看仍舊不能讓他提高多少，是以今晚他只給元寶帶了一些饅頭回去。但這些饅頭對於中蠱之後的元寶來說，已經是極致美味的美食。

她吃的時候表情沒什麼波動，只是吞嚥的速度比昨日快了許多。

事後，亓天摸了摸元寶被餵得圓滾滾的肚子，滿足地彎了彎眉眼，「這裡的手感也很好。改天我便讓妳吃到熱騰騰的飯菜，不會上吐下瀉了。」他戳了戳她臉上的肉，「我負責餵飽妳。妳負責用力長肉。」

元寶只是沉默。

柔柔的燭火映著元寶的側臉，陰影投在她彎彎的眉睫上，一時讓亓天產生一種她在點頭微笑的錯覺。

他不禁失神，青紋遍布的手掌覆在她的臉頰上，輕輕摩挲，「妳有酒窩。」他猜測著，然後命令道：「笑。」

元寶聽話地勾起了唇角，僵硬的微笑也足以讓她甜甜的酒窩展現出來。

醜陋的手指點上她淺淺的酒窩裡，他上癮一般輕輕揉按著，「妳身上都很軟。」他一邊戳一邊疑惑著，「沒長骨頭麼？」

元寶只是僵硬地微笑，亓天出神地看了她一會兒，「再笑開心點。」

元寶聽話地將脣邊的弧度拉大，她眼中依舊沒有感情，亓天卻跟著她嘴角的弧度也抿起了脣。

他突然想起，好像，確實沒人在他面前這樣笑過。

外面的人憎惡他、害怕他，而又渴望得到他的幫助。他見過嫌惡和諂笑，見過唾棄和畏懼，卻還沒有誰在他面前單純地笑過，哪怕只是這樣一個單純的勾起脣角。

亓天眸色微微一亮，「我喜歡妳這樣的笑。以後妳便常常笑給我看吧。」他將元寶沒吃完的饅頭包好，「在以後很長很長的時間裡。」

這個嗓音難聽得刺耳卻帶著讓人無法忽視的期待和幸福。

此後的幾天元寶每天吃的都是饅頭，而亓天日日都往鎮上跑，五天之後，他又在院子裡升起了火，歪歪斜斜地架上了鍋，煮了一碗最簡單的粥，他一勺一勺地餵元寶吃掉。

這一晚，他凝神肅容，眼睛也沒敢眨地看了她一夜。

此夜安好。

第二天元寶醒來時臉色依舊紅潤，亓天揉著她的肚子，平淡的語調中帶著些許笑意，「我可以養妳了。」他另一隻手的指尖摩挲著碗的邊沿，「妳看，我可以養妳了。」

元寶只是木然地坐在床上，半點沒被他的喜悅感染。

亓天也不在意，又命令道：「笑。妳該很開心才是。」

她聽話地勾起脣角，笑容依舊僵硬而空洞。

亓天蹲下身子，望著她的笑容也跟著一起勾起了脣角。

屋子裡安靜下來，兩個活人待在一起竟然沒有半點呼吸的聲音。

他起身走出屋外又煮了碗粥給元寶當早飯，他像昨天那樣餵她。

對亓天來說這樣，便已經很足夠了。

第四章

夜晚時分，亓天在給元寶擦身。這些天他把元寶養得很好，她臉上又圓潤了許多。摸著她肉肉的脣，亓天不自覺地靠近輕輕舔了舔她的脣角，體內的蠱蟲也跟著興奮地跳躍了一下，滑過他的舌尖。

亓天兀自瞇眼淺笑，當他擦拭元寶的手臂之時卻見她的皮膚之上寒毛倒立，起了一片雞皮疙瘩。

他微微一愣，有些失神地呢喃：「妳很討厭我麼……」

燭火之下，青紋遍布的手與元寶白淨的手放在一起，亓天忽然看見自己手背上的蠱蟲輕輕跳躍了一下。他手指微微一瑟縮，連忙把手藏入寬大的衣袖之中。

原來他確實醜陋得讓人噁心。

盯著元寶的脣角看了一會兒，他用棉布替她輕輕擦拭了一下，道：「不許討厭我。」

這個命令到底有沒有被元寶實行，誰也不知道。只是從那之後連亓天自己也沒有察覺到，他開始漸漸抑制觸碰元寶的慾望，在內心深處或許他在想，不碰便能少感覺到一點厭惡吧。

一日晌午後，亓天正與元寶並排坐在院子裡晒太陽。一個白衣翩翩的公子像散步似地悠閒走到這裡，他一手拎著包袱一手搖著摺扇，目光不屑地掃過亓天，卻若有所思地停在元寶身上。

亓天微微瞇起了眼，對元寶道：「進屋去。」元寶便乖乖地起身，走回屋裡。

白衣公子不甚在意地抿脣笑了笑，將手中拎著的包袱扔在地上，「三隻食人蟲。」

亓天看了看散開的包袱裡金光閃閃的金元寶，忽然覺得這個東西也沒有以前那麼好看了。他同樣不屑地看了白衣公子一眼，道：「不賣。」

來者瞇眼看了他一會兒，笑道：「行，我從不強人所難。」他指了指屋子道：「只是在下在來的路上聽聞李家二小姐走失了，我聽李家人的描述，彷似與方才那姑娘有些神似。兄臺……」

「那是內子。」

男子若有所思地點了點頭，「唔，原來如此。」

白衣公子走後幾天，亓天還是如往常一般照顧元寶，只是他偶爾會問元寶，「妳想回家嗎？」可又會接著道：「別回答我」。

他其實，是有些害怕聽見她的回答。

食材快用完了，亓天讓元寶乖乖坐在椅子上，他如前幾次一般隻身出了迷霧森林，只是他不知道，這次在他離開之後，另一道人影悄無聲息地潛入了屋子。

「唔，這臉圓得挺可愛。」白衣公子笑著掐了掐元寶的臉，問道：「李家二小姐？」

除了亓天的話，她不聽任何人的命令，自然也不會回答別人的話，只是現在她漲紅了一張臉，彷似欣喜若狂的模樣。儘管她眼神依舊僵直，但白衣公子也明白了她的意思，「原來竟是被下了蠱。」

「妳如此激動，可是因為知道有人可以救妳出去了？」他笑道：「我倒是運氣好，在此地撞見妳，妳可知李家為了尋妳開出多高的價碼？我琢磨著，光把妳救回去便能拿到那麼多錢，若是趁此機會作了李家的乘龍快婿，以後豈不是坐著便能享清福了。」

男子的氣息噴在元寶耳邊，「唔，我嗅到了處子香，這個傻巫師竟然還沒碰妳？」

元寶瞳孔緊縮，面色開始泛白。

「可是，該如何是好呢，若妳是完璧之身，李家大概會看不上我這樣的江湖之人吧？」他笑了，「看來，我只好……」他的手摸上了元寶的腰。亓天不會幫人穿衣服，是以元寶的腰帶每次都繫不牢。他手指輕輕一挑，元寶的腰帶便落了一地。

他大笑地將元寶抱了起來，放到一邊的床榻上，「唔，皮膚軟軟的。」他覆上她的胸，笑容越發愉悅起來。

元寶的嘴唇不由自主地顫抖起來。這副柔弱的模樣愈發激起男子的慾望，他皺起了眉頭，「嘖嘖，妳哭得讓我如此心疼。」話音未落，他只覺一股涼涼的氣息竄入他的脊梁，他渾身一震，「不可能，我明明吃了退蠱……」話未完，只見男子面容霎時變為烏青色，皮膚急速地乾枯，他頹然摔倒於地，看著冷冷立於他身後的亓天，不敢置信道：「蠱……蠱王。」

百界歌

第3篇

鬼巫（下）

第五章

「肉臉。」亓天踢開枯死在地上的男人，坐到床邊，他目光落在元寶凌亂的衣衫上，眸中殺氣掠過，地上本已枯萎的屍體中忽然鑽出了許多黑色的小蟲，蠕動著將屍體吃了個乾淨，而後又各自爬走，藏在了屋中陰暗的角落裡。

亓天幫元寶重新整理好衣裳，繫好腰帶，他扶著她坐起來，有些僵硬地拍了拍她的背，「不怕。」

粗嘎的聲音落入元寶耳朵之中，本來只是微微僵硬的身體卻無法自抑地顫抖起來。她僵直的目光凝在前方，眼角滾落出大顆大顆的眼淚。亓天一時有些心慌，他拿衣袖抹了又抹，卻始終止不住她的淚。

「肉臉，別哭。」

他輕聲命令，卻沒有被元寶執行。像是崩潰了一般，元寶眼中的淚珠無法收拾，簌簌而下，溼了亓天的衣袖，他像安慰孩子一樣拍著她的背，用難聽沙啞的嗓音耐心地哄著。

元寶止不住淚，直哭得眼眶紅腫不堪。亓天甚至不敢再幫她拭淚。

「眼睛不痛嗎？」他問。元寶像一個失控的玩偶，不再給他任何回應。他握緊拳頭，啞聲道：「會哭瞎了眼。」

「肉臉，別哭了。」

「我心口疼，別哭了。」

但是不管他是大聲地發火還是委屈地乞求，元寶都不再聽他的話了，她不鬧不叫，只是默默地淌著淚，不知道是折磨了誰。

忍無可忍一般，亓天覆上元寶的雙脣，挑開她緊咬的牙關，舌尖輕輕往回一勾，黑色的蠱蟲輕易地被他收了回去，他在她脣邊輕聲呢喃：「我放妳走好不？我放妳走，妳不要哭。」

話音一落，元寶身形一軟，終是閉上了眼暈倒在他懷裡。

這一夜，元寶的呼吸比以往都要粗重，像個活人一樣。亓天摟著她，不知為何卻睡得比往日更加安穩。

翌日清晨，亓天是被一腳踹下床榻的。他尚有些初醒的迷糊，揉了揉眼，打量著床上瑟縮成一團的女人，看見如此「活生生」的元寶，他有一瞬間的愣然，而後才想起，他昨天給她解了蠱。

他站起身來，像往常一般要去牽元寶的手，帶她去梳洗。哪想元寶卻緊緊抱住自己的雙臂急急地往角落躲去，她眼中帶著三分戒備三分害怕，更多的卻是隱忍不發的仇視，「別靠近我，你又要給我下蠱麼？」

亓天伸出去的手微微僵住，他垂下眼眸，蜷縮了指尖道：「頭髮亂了，該梳洗。」

元寶烏黑的雙眼中更是添了十分戒備。

冷漠、厭惡，她的神色與外面的人沒什麼兩樣……

亓天壓住心頭的微痛，沉了臉色命令道：「不准怕我。」

可是怎麼會不怕？看著他可怖而噁心的臉慢慢靠近，元寶強裝鎮定的臉上終於顯出了一絲裂縫，她慌張地左右看了看想尋個地方逃走，當亓天的手捏住她的下頷，元寶終是忍不住心中的害怕，狠狠一腳踹向亓天的心窩，瘦削的男子身影幾乎立即彎下腰去。

元寶慘白著臉色道：「你說了放我走的，你說了放過我的……」

心口處被元寶踹得一陣陣抽痛，體內的蠱蟲在青紋之下混亂地爬行，叫囂著要衝出來將元寶啃噬乾淨。他強硬地壓下喉頭翻湧的腥氣，輕緩地揉了揉太陽穴，平復下體內躁動的氣息。

他一抬頭，看見元寶在角落之中瑟瑟發抖，頭蹭在牆上髮絲狼狽了一臉，他目光微微一軟，伸手道：「去梳洗。」他愛幫她擦臉，軟軟的肉被指腹按壓下去，一放開就圓滾滾地彈了回去，充滿了生命的活力。

元寶不動，亓天眯了眯眼，終是垂下了眼眸，「梳洗後……就放妳走。」

元寶不信任地打量著他。兩人對視了半晌，元寶無奈地抹了一把臉，深呼吸道：「君子一言……」

亓天不愛照鏡子，這梳妝鏡是為了元寶特地買的。他細細地為她梳了頭、洗了臉，動作輕柔地幫她擦著手。元寶有些彆扭地往後縮，他這些動作讓她感覺自己像是個沒長大的孩子。

「不動。」他強硬地拉住她退縮的手掌，手上動作越發溫柔，如同在對待珍寶。元寶腦海中突然出現一幅亓天平日裡抱著金元寶、一臉痴迷擦地拭著的景象，她只覺自己脊梁微微一寒，忍不住又往後縮了縮。

亓天不滿地睨了她一眼，「不動！」這一眼看得元寶一呆，霎時忘記了動作。元寶這才發現，原來這個長相醜陋的男子竟然長了一雙極漂亮的眼。他臉上的青紋在那雙澄澈的眼眸對比下，一時竟顯得模糊起來。

察覺到她的視線在自己身上停留了許久，亓天抬起頭來，不經意地問道：「看什麼？」

元寶心跳驀地一亂，她撇開眼，嘟了嘟嘴道：「那個……我又不是小孩，我知道怎麼梳洗。」

亓天沒在意她的話，仍舊仔細地擦拭著她的指尖，「妳叫什麼？」

元寶一愣，這才想起他們兩個似乎連對方的名字都還不知道。她遲疑地道：「元寶。」

亓天手上的動作一頓，默了會兒道：「元寶很好。」也不知是在說她這個人好，還是金光閃閃的「元寶」好。

元寶安靜地轉開眼，看著菱花鏡中的自己，氣血紅潤、臉淨如玉，這個男人好像真的沒讓她吃什麼苦……一直很好地在照顧她。元寶想，或許，這個「鬼巫」並沒有傳說中那麼可怕，或許他只是寂寞得想要個人陪陪，又或者他只是想用另一個人的存在來證明他還活著。

「你……叫什麼名字？」問出這句話的同時她幾乎就後悔了，不管這個男人叫什麼名字，她以後都必定是不會與他有什麼交集的，現在問，不過是多此一舉。

「亓天。」

她下意識想喚一喚這個名字，卻終是理智地咬住了唇。

他們之間不應該瞭解那麼多。

「我可以離開了麼？」元寶問得小心翼翼。

亓天沉默地點了點頭。元寶心中懸著的石塊稍稍放了放，她長舒一口氣，眸光亮亮地盯著亓天，「那……之前，謝謝你救了我。」元寶小心地走過亓天的身邊，行至門外，見亓天仍舊一人孤零零地杵在哪兒，她心頭微微不忍，憋了許久，道：「其實，沒事的話可以多去鎮子上走走，你比傳聞中好很多。」

元寶轉身，一步還未踏出院子，忽然又覺得後頸一寒，熟悉的感覺再次傳入腦海之中。昏迷前，元寶只想憤怒地指著亓天罵娘。

屋內的男子「啪」一巴掌狠狠拍了拍自己的右手，冷冷道：「小人。」

果然，他始終作不成君子，只能作個毀諾的小人罷了。

再次給元寶下蠱之後，亓天發現自己很難像之前那樣開心起來。給她梳洗之時，他渴望看見她微微羞紅的臉和不敢直視他的眼神。餵她吃飯之後，想聽到她關於食物好壞的評價。他想在初醒或者將睡之時，聽見一聲軟軟的祝福……

當他開始要求得越來越多時，便越來越難以滿足。

可是一個木偶，能給他的僅僅只是陪伴。而他更不敢讓元寶清醒，害怕在越來越喜歡的元寶眼裡看到冷漠而嫌惡的神色，那只會讓他也跟著嫌棄起自己來。

一日晌午之後，他牽著元寶的手坐在院子裡晒太陽，看見陽光鋪了她滿面，亓天左右偏頭打量了許久，道：「肉臉寶，笑一笑。」

這個命令元寶執行了許多次，她十分嫻熟地彎起了脣。亓天卻皺了眉，「不是這樣。」元寶脣邊的弧度消去，亓天用指尖壓了壓她的眼角，「這裡笑。」

元寶又僵硬地勾起了脣。

「不是這樣。」

他一遍一遍地矯正她，想讓她笑出自己想要的感覺，但徒勞一番，只是越來越失望罷了。

亓天有些心急地貼上元寶的脣，想將蠱蟲吸出來。可想到之前元寶清醒後的眼神，他緊緊貼了半晌，終是什麼也沒做，沉默離開了元寶的脣。他能感受到元寶身體的顫抖，能感受到她的排斥和拒絕，清晰地明白自己有多麼不受待見。他摸著她的頭髮，像安撫孩子一樣，「別怕，我只是……」

只是想靠近她，想感受一番人情中的溫暖，僅此而已。

不知面對了這樣的元寶多少個日夜，亓天還是決定放元寶走。

那晚入睡前，他摟著元寶，腦袋埋在她頸窩輕聲道：「妳笑一笑吧。」他閉上眼，指腹撫摸她的脣角，感受彎起的弧度，想像她眼中也滿是盈盈的笑意。

亓天也不由自主地勾起了脣。但睜開眼後她的眼依舊是一片死寂的沉默。

他埋頭在元寶肩頭蹭了蹭，「我真的這麼討厭麼……」

三更時分，元寶睜開了眼，一掃往日的死寂，她眼中映著窗外明媚的月光，清亮透徹。她斜眼盯了睡得正酣的亓天許久，才敢小心翼翼往床邊挪去，離開了他的懷抱，夜的寒涼有些沁人，元寶光著腳踩在地上，狠狠打了個寒顫。她不敢穿鞋，生怕發出一點動靜驚醒了男人。

走到門口，輕輕拉開屋門，夜風倏地灌入，吹得元寶一個激靈，她慌張地回頭打量亓天，後者只是安安靜靜地睡著。

可是這一回眸，元寶卻發現自己竟有點邁不開腳步了。

那名男子像個孩子一樣，孤獨地蜷縮在床上，月光灑了他一身，明晃晃又冷冰冰地染了一室清冷。他臉上的紋路在晚上平靜許多，不那麼猙獰嚇人，他本來應當是個清俊的男子，元寶忽然想起上次她無意之中接觸到的那雙澄澈眼眸……他……其實只是害怕孤獨吧，像她一人被關在閣樓上繡花一樣，稍稍接觸到外面的一點新鮮氣息便不由自主地被吸引，一如她遇見閣樓下的沈公子。

他和她不同的處境，卻同樣的孤獨。

若他們不是用這樣的方式相處，或許她是會接受他，甚至喜歡他的吧。畢竟他對她比誰對她都好，但她不能像一個傀儡一樣生活。元寶很清楚容貌這種東西不會持久，她怕他不是因為相貌，而是自己的生死盡在他一念之間。

元寶扶住門的手握緊成拳，她咬了咬牙，仍是奔逃了出去。

忘關上的木門在夜風之中「吱呀吱呀」響個不停，亓天的臉往枕頭裡埋了埋，默了許久，他伸手摸到了擺放在床下的布鞋，眼瞼拉開，他眉頭微皺，「肉臉寶……妳忘穿鞋了。」聲音在屋中空蕩地飄了兩飄，女子溫暖早已不再。

半夜的迷霧森林陰冷而駭人，元寶一路疾奔，也不管前面踏上的那塊地會不會是沼澤。她聽之前那個人說過了，爹花了許多錢來尋她，興許在爹的心中還是在意她這個庶女的。她不想報復姊姊了，也不想愛戀沈公子了，她可以回去，認個錯，然後聽家裡的安排把自己嫁出去，然後……

然後呢？

元寶頓住腳步，然後嫁給一個連面都沒見過的人，在一個新的閣樓中繡著花，帶著孩子度過下半輩子？這和被人控制著行動木偶一般生活又有什麼差別？

她愣然。忽然，不遠處劃過一道火光，在夜霧之中顯得十分耀目。元寶第一個反應是亓天追過來了，她忙找了個草叢藏好身影，但是而後又想，被找到了似乎也沒什麼大不了……

正想著，遠處的火光越來越近，元寶這才看清原來是兩個高大的漢子，他們的面容有些熟悉，元寶一陣琢磨恍然想起，這不是李府的兩個打手麼！是爹派他們來救她的？元寶欣喜地欲要出聲呼喚，忽聽其中一個漢子道：「咱們找到二小姐，當真要殺掉麼？」

元寶渾身一寒，僵硬了身體。

「老爺的話你敢不聽？」

「哎，壞就壞在這事出在大小姐成婚之前，二小姐失蹤了那麼久，怕是早就不乾淨了……咱們府可不能有這麼個汙點。」

「你擔心這個作甚，你該想想，碰見那鬼巫咱倆該怎麼辦！」

兩人還在絮絮叨叨地說著什麼，元寶聽罷這些話，腦子嗡嗚一片，隨即腿一軟摔倒在地。

聽見響聲，兩個打手登時神色一振，「誰！」火光往元寶身邊越走越近，元寶卻失神地望著天上的明月，心底泛起的全是自我厭棄與絕望。

兩打手撥開草叢，看見了坐在裡面的元寶，兩人皆是一驚，「二……二小姐？」

元寶目光緩緩落在他們手上拎著的大刀之上，另一人戒備地四周望了望，「那鬼巫不在，正好動手！」

元寶點了點頭，對的，正好動手，她又在這片沼澤地裡陷入了危境，這次也怨不得別人。此時，她忽然想起了那雙清澈眼眸的主人，明天那人清醒之後看見她不見了會不會難過呢？之後發現她難看地死在沼澤地裡，心裡又會是怎樣的感覺呢？他會不會在一瞬間的解氣之後也感到一絲絲更痛的寂寞呢……

但這些，她應該都不會知道了

刀刃映著月光飛快地砍下，元寶闔上眼，靜待疼痛。

「叮」一聲脆響。元寶茫然地睜眼那一瞬，正好看見厚背大砍刀被震斷成兩截，握刀的大漢像脫線的風箏一樣輕飄飄地飛了出去。

寬大的黑袍像是一堵牆擋在她面前，隔絕了殺氣和月光，帶給她夜應有的黑暗，最好的保護。

兩個大漢像看到鬼一般，淒厲大嚎著，連滾帶爬地跑了。

元寶抬頭仰望著男子挺得筆直的脊梁。他輕輕轉過頭來，氣息有點急促，臉上的青紋中蟲蟲來回蠕動得厲害，令他看起來真的宛如地獄來的惡鬼。

元寶垂下眼，心想他定是又要給自己下蠱了吧。

一雙繡花鞋扔到她懷裡。亓天冷冷道：「不穿鞋到處跑，該打。」語氣就像在教訓一個小孩。

元寶抱著鞋愣了許久，抬頭看他一臉正經的神色，默了許久，她忽然莫名地笑出聲來。亓天眨了眨眼，怒沖沖的火氣登時被這個笑聲吹走了一大半，而元寶還沒笑多久，竟又嗚咽著哭了起來。

他渾身一僵，眼神四處轉了許久，有些無措。

「莫哭。」他蹲下身子，本想去摸她的頭，而又害怕她厭惡的眼神，一時僵在原地，道：「我不給妳下蠱了，我放妳走。」

元寶哭得越發厲害，一邊抽噎一邊控訴，「你上次……也這樣說。」

「這次是真的。」

元寶哭聲不停。

「真的是真的。」他狠狠打了打自己的右手，一臉嚴肅道：「真的。」

元寶依舊哭個不停。亓天是真的慌了，他蹲也不是，站也不是，連手腳也不知該怎麼安放，「肉臉寶，妳莫哭，我什麼都答應妳。」

「你可以……」元寶說了一半，被鼻涕嗆住，咳了好久也沒有下文，亓天連忙在旁邊點頭，「什麼都可以。」元寶緩過氣來，小聲道：「你可以不給我下蠱，也不趕我走麼？」

「嗯，可以。」反應過話裡的意思，亓天一呆，「什麼？」

「我已經沒地方去了，如果，我不作你養蠱的標本，你是不是也可以像之前那樣收留我？」

亓天喉頭乾澀，「妳……一直以為我拿妳當標本？」

元寶雙眼溼潤，「不是嗎？」

亓天沉默了許久，難抑脣邊的笑，點點頭道：「好，以後我不給妳下蠱，不拿妳當標本……還像以前一樣收留妳。」

元寶雙眼更溼潤了，「原來你是大好人。」

「嗯，我會對妳很好，穿上鞋回家吧。」

後記

「元寶，我娶妳好不好？」

正在洗碗的女人手一滑，碎了一個碗，「什什什……什麼？」

「昨日我去李府提親了，一百個金元寶，妳爹很高興地把妳許我了。」亓天走到元寶身後，抱住她的腰，「我娶妳好不好？」

元寶還沒答話，忽聽院子裡傳來一聲銀鈴的脆響。

她奇怪地探頭出去張望，只見一個白衣女子隻身靜立在庭院中。

元寶以為她又是來求蠱的人，拉了拉亓天的衣袖。

亓天揉了揉元寶的臉，不滿地放開了手，走到院中。

女子看見亓天，並未如其他人一般露出或害怕或嫌棄的神色，而是淡淡點了點頭道：「我叫白鬼。」

亓天根本不在意她的名字，只道：「一隻蠱十個金元寶。」

白鬼自衣袖中拿出一枝筆，淡淡問道：「你喜歡蟲蟲麼？」

亓天皺了皺眉，「我喜歡元寶。」

「你還因孤獨而感到憤怒麼？」

亓天看了看元寶，還未答話，白鬼身影如魅，眨眼間便行至亓天面前，她手中的畫筆在亓天心口處輕輕一點，亓天臉色登時劇變，像是承受了巨大的疼痛一般，倏地矮下身去。

元寶看得一驚，忙提了衣裙急急跑了出去，扶住亓天。

白鬼筆尖有一隻蒼黑色的蟲蟲拚命地蠕動，她道：「你心中的鬼，我收下了。」

元寶心疼亓天，紅了一雙眼，憤怒地瞪著白鬼。

哪想她望向她的眼神竟出奇地溫和，她將蟲蟲與筆一同收進懷裡，「好好過日子。」

清風起，銀鈴一聲脆響，這個女子竟如煙一般消失在眼前。

元寶覺得自己大概是真的見鬼了，她愣然了許久，聽見亓天咳嗽的聲音才恍然回神，「亓天……」元寶愣住，「你……的蟲蟲呢？」

亓天心口仍在不息地疼痛，他伸出手，看了看自己的手心手背，這才發現他身上的青紋竟莫名其妙地消失了，陪了他數十年的蟲蟲竟都從他身體中消失了！

他……變成正常人了。

「元寶，這樣，妳喜歡嗎？」

「討厭！你比我長得還好看！」

第4篇

鬼屍（上）

第一章

夜風烈烈地撕響戰旗。

「將軍！」屯騎校尉張尚掀簾而入，堅硬的鎧甲在地上撞出沉重的聲響，他高興得顫抖，抱拳稟道：「徐國皇帝捉到了！」

條桌之後身披玄甲的人淡淡應了一聲，對這樣的結果並不感到驚訝。他手中不知把玩著什麼，正看得出神。

「將軍？」

他恍似這才回過神來，斜斜上挑的丹鳳眼漫不經心地落在張校尉身上，「帶我去看看吧。」輕描淡寫中帶了點蔑視，「徐國皇帝。」

她的主子。

昔日繁華帝都今日血水盡染。兩行鐵騎冰冷地踏過玄武大道，直入皇城。宮門大破，蕭條的風卷過太極殿前高高的青石板階，蜿蜒一路的徐國禁軍屍體淌出血水，滴滴答答地順著階梯流下。

玄青色鑲金邊的鞋踩在黏膩的血水上，而後一步一步登上太極寶殿。朝殿門口，他的軍士們將大殿團團圍住，卻不知為何竟沒有一人進入殿中。

眾軍士見他走來都彎腰行禮，恭敬地讓出一條路來。

看見殿內情景，饒是性子淡漠如他，也不由一愣——數十位死士以身作盾擋在王座之前，每人身上至少中了數十箭，他們站直了身子，氣息已絕，卻無一人倒下，肅殺之氣依舊圍繞在他們身側，好似若有人膽敢入侵，他們仍會舉起手中長劍一般。

他們像最後的盾牌，守護著一國最後的尊嚴。

「徐國人，無愧忠義勇猛之名。」他輕聲稱讚，隨即從身邊的將士身上取下弓箭，鳳眸微瞇，利箭呼嘯而去直入立於正中那人的右膝。他猶記得之前曾得到過情報，徐國禁軍衛長右膝有舊傷。

果然，沒一會兒男子高大的身軀轟然倒下，像主心骨的崩潰，其餘死士立成的最後一堵「牆」瞬間分崩離析。

如同他們的國家徹底坍塌。

霍揚有些惋惜放下弓，此時忽聽眾軍士一陣低呼，他抬頭望去，卻見徐國國君一身黑紅相間的朝服，正襟危坐與龍椅之上，他眸光清亮，神色威嚴，竟是還活著。

而在他的身前，還有一名極為瘦弱的禁軍單膝跪於龍椅之前，手執長劍，撐於地面，他面朝殿門，髮絲淩亂地垂下。他中的箭與其餘人一樣多，也一樣已經氣絕身亡，唯一不同的是她是女子。

霍揚身形頓僵，眸光直愣地凝在她身上，他失神地一步跨入殿中。

王座之上，徐國國君絕望而蒼涼的大笑彷彿近在耳邊，又彷彿飄出很遠。霍揚腦海裡閃過的卻是那日日光傾瀉之中，女子得意洋洋地拍著他的傷腿道：「神醫我救你一命，你割塊肉給我吃，不為過吧？」

那麼張揚又放肆的傢伙……

殿外將士齊齊走進朝殿之中，徐國國君終是止住了笑，「國破家亡，朕愧對先祖，愧對山河，愧對徐國百姓！衛國大將軍，要殺要剮且隨你便，我只求貴軍放過徐國無辜百姓。」

霍揚沒有答話。

徐國國君掩面而笑，「罷罷……既然三日前你不肯受降書，定是存了斬草除根的心思，求你何用，求你何用！」言罷，他一仰頭，吞毒自盡。

徐衛兩國的戰爭只經歷了三月，衛國迅猛地攻下了徐國，這場仗贏得又快又漂亮。在場將士靜默一會兒之後爆出驚天歡呼之聲。

霍揚神色沉凝，靜默地踏上王座，他踩過四散在地的禁衛軍屍體，徑直走到那女子面前。他伸出手，忽然發現自己的指尖竟有些顫抖，他穩住心神，手指輕輕挑起她的下頷。

沒錯，是這張臉，儘管現在血流了她一臉，汙穢染了她滿身，他怎麼會認不出這張臉。

只是她現在不能睜眼、不會說話、沒有呼吸，什麼也沒有。

「蘇臺……」他輕聲喚著，有點咬牙切齒的意味。這個背叛他的女人，抑或說，她從來就未忠心於他，她是個狡猾的細作，是徐國的刺客……她只是曾經不慎救過他一命，賊一樣偷走了他本就少得可憐的一點真心。

霍揚心中莫名地生出一股怒火，他揚手狠狠給了她一巴掌，蘇臺僵冷的身子倒在地上。她沒發火、沒罵人，也沒像炸毛的貓一般狠狠撓他一爪子。

只是靜靜地躺在那裡，像屍體一樣……

她如今本來就是一具屍體了。

霍揚思維有片刻的空白。

下方歡呼的將士都被他突然的動作驚住，一時安靜下來。霍揚目光在蘇臺周身逡巡了一圈。突然，他的眼神停在她的腹部，見她用沒握劍的那隻手輕輕捂住腹部，而在軟甲之下，竟能看出有點微微的凸起。

他臉色一白，心跳莫名地慌亂起來。

「軍醫！」他大喝，「立即把軍醫給我提來！」

第二章

「把她肚子給我剖開。」

這個命令讓軍醫狠狠一呆，「將軍……這，我不是仵作。」

「剖開。」

見霍揚神色冰冷，軍醫咬了咬牙，拿過一把匕首一刀劃開蘇臺的肚子，胃裡的食物流出，軍醫又呆了一呆，他拈出其中一塊棕色物體看了看，又檢查了一番蘇臺身上的箭傷，一時神色大為震動，他不由顫著嗓音讚揚道：「實乃巾幗英雄……」

霍揚危險地瞇起了鳳眼，「何意？」

「將軍，這女子近日吃的竟全是草根樹皮……她身上的箭傷皆沒有傷到要害，她竟是，竟是被生生餓死的。」

聞言，霍揚渾身一震。

徐國都城被衛國大軍圍了整整半月，城中彈盡糧絕。這裡的將士，怕是連國君的肚子裡也都是草根樹皮。徐國人竟是在這樣的情況下以命相搏了三日……

不，他們是送了降書的，只不過霍揚未收。

霍揚面色越發地冷了下來，他只吩咐軍醫，「接著往下剖。」

軍醫不忍，「將軍，這樣的女子，為何不留全屍……」下方的眾將士也有異議。

霍揚視若無睹，冷冷道：「剖。」

匕首接著往下劃，拉開了蘇臺的腹部。忽然軍醫一聲驚呼，急急忙忙丟了匕首，

「她……她有孩子！她有孕在身！」

宛如一聲響雷在眾人耳邊炸響。

霍揚蹲下身，指尖探入她的腹部之中，在裡面躺著一個死寂的生命，和他的拳頭一般大小，渾身青紫，冰冷而透明，他甚至看見了還在生長的骨頭和內臟。

「如此大小……有幾月了？」他聲音沙啞至極。

軍醫心神也是極亂，敬仰這女子的英勇和對國家的忠誠，「約、約莫四月多了。」

四月，四月？那時的她還在他身邊。

她懷的……是他的孩子。

這個認知讓霍揚心口猛地緊縮起來，心頭滾動的血液倏爾滾燙灼心，倏爾冰冷徹

骨，他眼前陣陣發黑，忽聽「喀噠」一聲細微脆響，他目光微動，看見了她左手之中掉落下來的東西——半截桃木梳。

與他藏在懷裡的另一半正好能湊成一對。這是他親手雕給她的……

「一梳到頭，白首不離，這一諾……真重。霍揚，若到很老很老的時候我也可以這樣牽著你的手一起漫步林蔭小道，靜看日光斑駁，該多好。」

言猶在耳，彼時笑得恬淡的女子此時卻已與他生死相隔。

他應該恨她的，應該恨不得鞭屍三百，恨不得將她挫骨揚灰……可此時，他卻只記起那日她脣角隱藏著哀傷的暖暖微笑。

一笑蝕骨，漫天蓋地浸染了他所有思緒。

霍揚心頭大慟，一股腥氣湧上喉頭被他死死壓住。

憑什麼這個女子連死，也讓他無法心安。他收回手，冷冷站起身來，「本帥敬徐國禁衛一片忠誠，特允厚葬於皇城郊外。」他嗓音出奇地沙啞，帶著令人心驚的冷漠，「自此起，徐國已亡。」

厚葬對於敗軍之將來說，也不過是一個單獨的坑罷了。

三日後，血染的徐國宮城被洗淨，城內的屍體盡數掩埋於城郊之外，徐國都城乾淨得一如什麼都沒發生過。

這一場戰爭，衛國大將軍霍揚完勝。衛國皇帝大喜過望，派了官員來接替霍揚的工作，接著便將霍揚風風光光地迎回了衛國。

沒人再記得那日朝殿之上他們的大將軍彷如紙般蒼白的臉色，也沒人再記得那個懷著孩子誓死護衛徐國國君的女子被葬在了哪裡。

所有的故事，彷似就此被黃土深深掩埋。

第三章

月華如水正三更，徐國都城城郊疏林之中，白衣女子倚樹而立，她垂著眼，目光沉靜，定定看著腳下新翻的黃土正在一陣陣蠕動。

忽然一隻蒼白的手驀地伸出地面。

蘇臺僵硬地從土裡爬出來，四肢又冷又冰有些不聽使喚，她一抬眼便看見了正前的白衣女子，唇角微微動了動，還沒來得及發出聲響，女子便道：「莫說話。」「我叫白鬼，想要收走妳心中的鬼。」女子道：「可是而今妳執念太重，放不下生前種種，將心中的鬼捉得太緊，我取不走。」

白鬼的話蘇臺聽不懂，她只覺自己的肚子有些空，往下一看，霎時呆愣住了，她看見自己的腸胃流了一地，孩子連著臍帶也落在身外。無血無痛，她生前學醫，知道這樣的情況是斷然活不成的，但她現在意識很清醒。

蘇臺悚然，驚疑不定地望著眼前的女子。

像是讀出了她心中的話，女子點頭道：「沒錯，詐屍。妳胸中尚殘留著一口氣，是以妳現在只能說一句話，此氣一出妳便會真正地死了。」

蘇臺垂下眼，靜靜看著流在地上的死胎，不知在想些什麼。

「妳執念太深，若這一句話未能消解生前心事，在死後你必將化為厲鬼，永世不得超生。」白鬼頓了頓，「妳可想好了妳要說什麼？」

蘇臺默了許久，終是點了點頭。她沒急著開口，而是微顫著手，撿起內臟與胎兒，神色有些無助左右看了看，不知道該將它們如何安放。

白鬼在衣袖中摸出針線遞給蘇臺，「縫起來吧。」

蘇臺接過針線，將內臟安放在它們應在的位置。她尚不能完全控制自己僵冷的肢體，笨拙地放好了胃又掉出了腸，她放回自己孩子的時候動作頓了頓，而後便開始一針一線縫合著自己的傷口，她表情平淡，沒有哀慟大哭，沒有惶然失措，只是堅定地做著自己該做的事。

「蘇姑娘，阿鬼欽佩你。」白鬼揮了揮衣袖，身影消失在夜色之中，樹林中只餘她空蕩蕩的聲音，「在妳說出那句話的時候我會再來。」

蘇臺捂著縫好的身子，僵硬地站起身來，她慢慢地適應著「新」的身體，一步一步向樹林之外走去。

樹林中的黃土都是才翻過的，下面埋著的是無數徐國將士的屍首。徐國亡了，從今往後，她蘇臺沒有國、沒有家、沒有孩子，只餘孤身一人了。

百果小歌

第5篇

鬼屍（中）

第四章

正月十五，元宵。義封城東的煙花映得天空炫麗非常。

蘇臺愣然地望著夜空中轉瞬即逝的美麗，心中翻來覆去都是霍揚曾經揉著她腦袋的笑臉，「不知是從哪個鄉旮旯裡出來的，連煙花也未曾見過。等到了明年元宵，我便帶妳去看義封城東的煙火。」

誰也想不到今年元宵，竟已是生死無話。

蘇臺翻過千山萬水終於從徐國到衛都城，找到霍揚的鎮軍將軍府，卻發現她無法靠近他了。衛國大將軍，皇寵正濃，豈是說見便能見的。

本來，他們的初遇就是彼此人生之中出的一個巨大紕漏——撿到重傷的霍揚，這種運氣不是每次都有的。

蘇臺說不了話，無計可施。唯有日日蹲在將軍府門口期待與霍揚的「不期而遇」。可奇怪的是自霍揚班師回朝後，整日閉府不出，連朝也不上了。蘇臺守了半月等得日漸心死。

或許，他們是真的已經緣盡。

她正想著，忽聞將軍府大門「吱呀」一聲響，裡面的侍衛魚貫而出，清空了府門外的場地，蘇臺也被趕到了一旁的角落中。

棗紅色的「流月」被侍從牽出門來，蘇臺眼眸一亮，那是他的馬。

不出片刻，一襲玄色衣裳的霍揚邁出府門。

這是他們闊別四月後的第一次相見，霍揚形容消瘦不少。蘇臺張了張嘴，差點叫出聲來，她拚命向他跑去，殭屍兩條腿走路不方便，她險些並腿蹦跳起來，旁邊一個軍士怕她驚了將軍的馬，一拳打在她腹部。蘇臺其實不痛，她只是下意識地捂著小腹，等她再抬起頭時，只餘「流月」踏起的一路塵埃。

蘇臺毫不猶豫地跟著尋去。

元宵佳節，城東夜市熱鬧非凡。

蘇臺找到霍揚時，他正在收拾一個鮮衣少年，一位少婦神色驚惶地站在他身後，圍觀的人唾棄少年，說他連孕婦也不放過，該打，而看到後來，大家的臉色漸漸變了，霍揚下手狠辣，招招致命。

他眸中戾氣陣陣，蘇臺知道他動了殺心。

霍揚在戰場雖是一尊魔，但在朝時卻向來隱忍，斷不會因為一些小事便動殺心，這少年是做了何事竟將他觸怒成這樣……

看著少年血沫吐了一地，少婦嚇得腿一軟，摔坐在地，她捂住嘴掏心掏肺般乾嘔起來。霍揚手下一頓，此時一個書生模樣的男子舉著一盞花燈急急忙忙從人群中擠了進去，「娘子！可還安好？」

「相公！」少婦有了依靠，趴在男子的胸口輕輕啜泣起來。男人一臉慌張，「可是哪裡痛？可有動了胎氣？」

霍揚一腳踹開暈死過去的少年，回眸盯著對夫婦。那兩人被他目光盯得脊梁發寒，書生開口道：「多謝這位……謝大人出手相助。」

霍揚目光定定地落在女子的腹部，眸光變了幾許，輕言問道：「幾月了？」

「快……五月了。」

霍揚的神色一時變得有些恍惚，「有身孕可辛苦？」

女子一呆，「只是沒甚食慾，容易疲乏。」她摸了摸自己的肚子，神色不由自主地柔軟下來，「可為了孩子，不覺辛苦。」

霍揚恍然記起那日蘇臺胃裡的樹皮草根，和她雖已身死而仍舊堅毅沉靜的神色，她就像一把強韌的劍，沒有半點女子的脆弱柔軟，帶著讓男子也為之震撼的倔強。不顧自身，不顧孩子，近乎無情地選擇了江山共存與社稷同亡……

當真是個巾幗英雄！

霍揚恨得咬牙，而洶湧的恨意背後卻有一道撕裂胸口的隱傷，整日整夜灌入刺骨冰冷，痛得令人窒息。

他翻身騎上流月，不再看那對恩愛的夫婦。

蘇臺這才從他方才那兩句話中回過神來，她抬頭一望，卻見霍揚騎著高頭大馬穿過花燈街道，背影真實得虛幻。蘇臺忽然想，她若是不問出這最後一句話，是否就可以一直「活」下去？與他一起「白頭偕老」……

此念一起，如野草瘋長。

馬背上的霍揚似察覺到了什麼，目光逡巡而來。蘇臺背過身，藏青色的袍子掩住她的身形。街上人聲嘈雜，可蘇臺仍舊聽見了馬蹄踢踏之聲漸近。

他……看見她了？

蘇臺緊張地拽住衣裳，已死的心臟彷彿恢復了跳動，蘇臺不住地想著，再見時，他會是怎樣的表情，心緒是否也會紊亂，他……還在乎她嗎？

她脣角苦澀地彎起，應當是不在乎的。霍揚最恨背叛和欺騙，她觸了他的底線，否則當初他不會不受那封降書，他心裡必定是恨極了她。

心思百轉之間卻聽見馬蹄聲停在了自己身側。攤販老闆殷勤的聲音傳來，「客官，買虎頭鞋啊？您家孩子多大？」

「五月。」他低沉的嗓音清晰地傳入蘇臺耳中，蘇臺裹著藏青色的大衣悄悄往旁邊挪了挪。

「男孩、女孩？」

霍揚一陣沉默，蘇臺忍不住斜眼看去，見他望著指尖發愣，平靜的面容下難掩一絲蒼涼，「我……不知。」

老闆頓時啞言。

霍揚走後，蘇臺輕輕摸了摸一雙男生的虎頭小鞋，她知道的，他們的孩子是個很健康的男孩。

第五章

正月剛過，衛國與北方戎國的戰爭便打響了，戎人凶悍，邊關軍情一陣急似一陣。朝堂之上一道聖旨將軍印再次交入霍揚手中。

下了早朝，衛國皇帝單獨召見了霍揚，御書房中，皇帝將一封書信交給了霍揚，他道：「朕聽聞徐國之戰的最後你未受降書，甚至未曾翻看降書一眼，可有緣由？」

「徐國雖小，而極崇尚忠義之說，若不徹底摧毀他們的信念，只怕後患不斷。」

皇帝點了點頭，指著他手中書通道：「近日朕翻看徐國降書之時發現其中夾著這封信，朕看了才知道這是一徐國女子寫給你的家書。」

霍揚一驚，立即跪下，「微臣有罪。」

皇帝擺了擺手，「無妨，朕知你忠心無二，這封家書你且看看。」

霍揚這才取出裡面的信，女子娟秀的字體中帶著一分難得的英氣，才讀了第一行，霍揚面色倏地一白。厚厚一封信訴盡他們的相遇別離，道盡世事無奈。戰爭之中兒女情長是多麼渺小。她說，徐國已降，蘇臺只求將軍放過都城百姓，饒過徐國被俘將士；她說，霍揚，我和孩子不想死在戰火中……

她放下了自尊，字字泣血般地懇求，而最後仍是得到「拒不受降」這樣的答覆。彷似有針梗在胸腔，隨著他的每次呼吸，深深扎入骨肉之中。霍揚無法想像那些樹根草皮，她到底是懷著怎樣的心情嚥下。她又是懷著怎樣的心情，死在他手下將士的利箭之下。

她放下了尊嚴，卻被他淡漠地拋開，所以她只有卑微地撿起可憐的自尊，護著君王，以死成全忠義之名。

她並不是嘴硬得不肯求饒半分，她沒有表象中那麼堅強，她求救了，卻被他親手推下懸崖……

皇帝低嘆，「霍揚，你我自幼一道長大，今次出塞實乃凶險之局，戎人凶悍，北方此時正值冰天雪地之時，戰場之上刀槍無眼……這女子既已有你的子嗣，不妨將其接至義封，若有何意外……我必護你血脈再成國之棟梁，如此也不枉費霍老將軍對我一番恩情。」

霍揚默了許久道：「皇上，霍家無後了。」

出塞之前霍揚登上了摘星樓，在此處，他曾許諾，此生必護蘇臺安好無憂。

彼時正是盛夏，漫天繁星映得蘇臺滿目粲然，她逼著他伸出小指，「拉勾！說謊的人喝一百碗黃連水。不然，我作鬼也不放過你！」他只當玩一般隨了她，現在回想起來，才發現原來在那時的蘇臺心中便已堆滿了不安。

「霍邑。」他喚來隨行的家臣，「給我熬一百碗黃連水來。」

「將軍？」

「濃稠些，要極苦的。」他食言了，自是該受懲罰。

霍揚行至摘星樓邊，倚欄靜看夜空璀璨，他愛觀天象，愛上最高處俯覽人世繁華，看山河萬里盡在自己的守護之中，他總覺無比心安。但蘇臺卻說：「極高處，極繁華，卻也不勝寒。」此前，他從不覺得高處有寒，而今回首一看，才發現，原來自己已如此孤獨。

高處不勝寒，只是因為能與他並肩的人再也找不到了。

霍揚揚手，徑直將手中的黃連水臨空灑下，他輕聲呢喃道：「蘇臺，今日我只喝九十九碗，欠著妳的債，妳若是作了鬼便來找我罷。」

「我等著妳。」

摘星樓下，夜晚的極靜黑暗之中，蘇臺裹著藏青色大衣貼著牆根站著，黃連的苦澀味在冰涼的空氣中冷冷散開，蘇臺耳尖地聽見，九層樓高的摘星臺上嘈雜的聲音，有人在難受地嘔吐，有人在擔憂地勸。

蘇臺捂著臉，只餘一聲微顫的嘆息。

第六章

塞外風雪急，戎人凶悍，而霍揚用兵如神，愣是將大舉入侵的戎人生生逼退至關外。戰爭打了半月，戎人敗退數百里，霍揚乘勝追擊，意圖讓戎人在他有生之年再不敢兵犯衛國。

戰線越拉越長，當霍揚意識到這是誘敵深入之計時，為時已晚。

是時，霍揚率三千輕騎突襲戎人軍營，哪想等待他們的卻是低窪之地的空營一座，霍揚下令急撤，哪還來得及，戎人三萬大軍將衛軍團團圍住。

戎國王子自大而高傲，困住霍揚的他並不急著進攻，而是站在制高點頗感興趣地欣賞著素來驍勇的衛軍臉上沉凝的神色，「霍揚，與你作戰當真是棋逢對手，今日要殺你，本王也甚為可惜。」

棗紅的流月在風雪之中顯得醒目，霍揚披著玄色大氅，神色沉穩毫無驚慌，「王子切莫如此說，實在是折煞了你，也侮辱了我。」

王子面色一沉，冷笑道：「既然將軍如此說，本王便是辱你一辱又如何？」他一揮手，三萬騎兵蜂擁而下，血腥的廝殺瞬間開始，沒有人注意到，一個身著戎國服裝的瘦弱士兵悄然混入戰場之中。

四周皆是一片殺伐之聲，一如當初守衛徐國的最後一戰。蘇臺慢慢靠近霍揚，他騎在馬上，雖然好找但卻不好救。

蘇臺咬了咬牙，劈手搶下身邊一個衛國士兵的大刀，徑直用刀背將其打暈，蘇臺一轉身，手中大刀飛出，直直插入流月的腔腹。

汗血寶馬登時立身嘶鳴，前蹄翻飛，踢死了不少圍攻過來的戎兵，然而重傷之下，馬很快便沒了力氣，牠前蹄尚未落下，一個戎兵拚著命上前斬了牠的雙腿。

流月轟然倒下。

霍揚躍下馬，手起刀落間便已是四、五顆頭顱落地。

他摸了摸流月的頭，神色哀痛。

霍揚抬頭望向蘇臺的方向，森冷的眼眸中隱藏著難言怒火。

蘇臺悄然轉到一個戎兵身後，她還在琢磨著怎麼靠近霍揚，恍然間聽見半空中傳來一聲低喝。

他飛身而來，電光石火間便將蘇臺身前那人劈成兩半，腥臭的血濺了蘇臺一身，她愣愣地望著眸中殺氣未歇的霍揚。

他們便在這樣毫無準備的情況下打了個照面。

她見他眸中的神色從寒至骨髓的冰冷漸漸泛出不敢置信的驚訝。

鮮血，戰場，殺伐不歇，彷似是補上了徐國那未來得及見到的最後一面。

百界歌

第6篇

鬼屍（下）

第七章

「蘇……」霍揚剛開了口，蘇臺猛然回過神來，她撲身上前，一把抱住霍揚。

與他擁抱的人再不復往日般有女子般馨香溫軟，冰冷的鎧甲相接，發出清脆的聲響，耳邊沒有呼吸，在她身上有一股深深的腐朽味道。所有的感覺浸染了霍揚的情緒，他呆了一般失神。

蘇臺趁此機會解下他披在肩上的大氅，隨手一扔，霍揚身上的鎧甲與尋常士兵無異，蘇臺拽著他在混亂的戰場中挪了幾步，三萬戎兵再也分不清楚誰是衛國大將軍。

霍揚被蘇臺帶著走了一會兒才醒悟過來，「妳殺流月……為了救我？」蘇臺背過身子在前方自顧自地走。霍揚眉頭一皺，「蘇臺！」

前面的人腳步一頓，蘇臺轉身之時一揚手，白色的粉末飄散。霍揚眼前一花，身子隨即軟了下去，「妳……又算計我。」蘇臺接住他癱軟的身體，聽見他強撐著清醒的呢喃：「也罷，也罷……」

這一句嘆，蒼涼多過無奈。像是在說就此命喪她手，今生也罷。

蘇臺沒露半點情緒，與霍揚擺出爭鬥不休的模樣，慢慢退到一座空營帳之中。她從懷裡拿出一套戎兵的服裝幫霍揚換上。

蘇臺清楚，如今這樣的情況若要讓霍揚扔下這三千將士獨自逃走，他絕對不會幹。這個男人在心底同樣是那麼血性執著。她唯有殺了他的馬，將他從眾矢之的中拖下來，恨不得將他變作一粒塵埃，因為只有這樣，她才能將他救走。

因為死亡的滋味那麼可怕，那是一種無論如何壓抑，卻還是從眼中爬出來的絕望；是無論如何安慰自己，也能從滾動的喉頭中湧出的惶然；是無論心再堅定，也能在鼻尖嗅到血腥味的無助。

那樣的滋味，她心軟地不想讓霍揚知道。

蘇臺等到營帳之外殺伐聲漸歇，才馱著霍揚出去，三千衛國將士被盡數殲滅。

寒涼的空氣裡夾雜著鮮血的味道。蘇臺垂眉低目，跟著戎人救治傷兵的隊伍，退下戰場。半路之中她殺了數十名傷兵，搶了馬，帶著霍揚穿過冰天雪地的山谷，找到了衛軍大營。

她從沒如此感謝過殭屍的身體，若還是以前的蘇臺，光是在戰場上受的傷便已足夠令她喪命。這具身體，沒有痛感，不老不死，若她不說出那最後一句話，便可以這樣一直活下去。

但是一直活著，對她而言又有什麼意義。

她如此明顯地感覺到自己的感情也隨著身體的死亡漸漸消失，不再感動、不再哀傷，剩下的只有執迷不悟。

霍揚醒來的時候周身的傷已被包紮完好，看著自己所處的環境，他幾乎是一瞬間便想明白了蘇臺在戰場上的所作所為。他翻身下床，拉開營帳走出去。守在營帳外的將士立即對他行禮，霍揚問道：「送我回來的那女子呢？」

「回將軍，她好似走了。」

霍揚面色一變，「沒有軍令，你們竟敢放身著敵軍服飾的人走！」

兩位軍士立即跪下，顫聲道：「將軍回來之時與那女子……形容親密，屬下以為、以為……所以不敢阻攔她的行動。」

霍揚眉頭緊皺，還未開口，眼角餘光忽然瞥見一襲灰衣的女子正站在不遠處定定地看著他。跪下的兩個軍士比誰都高興，「將軍，她又回來了！」

蘇臺看著霍揚，眼眸沉靜如水，她輕輕地對霍揚點了點頭，而後轉身離去。霍揚握緊拳頭，心頭有無數疑問，當初他親眼看著軍醫將她開膛破肚，而今她為何還活著，為何在此地，為何……還要救他？

他不由自主地跟上蘇臺的腳步，出了軍營，蘇臺緩步走向茫茫冰原。

塞外的寒風夾雜著鵝毛一般的大雪颳過臉龐，他們在鋪天蓋地的白色之中一前一後走得極靜。霍揚恍然間覺得那個女子彷似在下一刻便會羽化而去。

「蘇臺。」他終是忍不住喚出聲來，但除了她的名字霍揚一時竟找不到別的話可以說。蘇臺繼續向前走了幾步，忽然蹲下身子，在冰雪之中挖出一棵白色的草，這種草藥治療外傷極為有效。她對霍揚招了招手，示意他過來。

將草藥交到霍揚手中，冰涼的指尖輕觸他溫熱的掌心，兩人皆是一愣。

蘇臺想，若她可以忘掉過去該多好，放下所有，就這樣一直陪在他身邊。但那是不可能的，他們之間隔著背叛，橫著死亡，穿插著國仇家恨，她無法失憶，所以也陪不了他的。

此刻，早在蘇臺心頭滾過千百遍的疑問——「為何不受降書？」為何要令徐國亡得如此悽慘，為何非要趕盡殺絕？你不要我，也不要孩子，你就如此忠心於你的君王嗎？連半點退步也不行？還是你只是因為想要報復我的背叛，只是想讓我無顏在地府面對徐國的將士百姓？

所有的疑問在此刻都顯得那麼無關緊要。畢竟就算霍揚最後接受了降書，也已經改變不了他滅了徐國這一事實。

他要忠他的國，她要護她的君。

蘇臺恍然大悟，原來，從一開始，命運便讓他們形如陌路。

蘇臺拍下霍揚肩頭積上的雪花，一如盛夏時節，她在樹蔭之下替他拭去額角的汗。她試圖彎脣微笑，但最後卻不得不放棄。兩人之間沉默流淌，最後蘇臺終是握住霍揚的手，讓他掌心輕貼著自己的腹部。

衣料之下的皮膚出乎意料的凹凸不平。那些內臟不管她再如何擺置，它們總會不乖地堆成一團，訴說著她已死的事實。

蘇臺輕淺地開口，「霍揚，他是個男孩。」

霍揚猛地一顫，像被燙到一般瑟縮了一下。蘇臺順勢放開他的手，她低頭看著自己的腹部，輕輕撫摸著，即便臉上什麼表情也沒有，但眸中的溫婉已足以令霍揚呼吸灼痛。

蘇臺想說，這個孩子像你一樣，很健康、很漂亮。但是，生命已再沒有給她開口的機會。

她往後退了一步，霍揚下意識地伸手去撈，哪想手剛碰到她的手臂，蘇臺便像被打碎了一般，帶著再也不復存在的愛恨，隨著寒風一卷混入漫天大雪之中，飄飄蕩蕩紛飛而去。

連反應的時間都沒有，霍揚便眼睜睜地看著她消失在面前。

這個場景凝化成了他日後的夢魘，夜夜糾纏，無法平靜。

「沙」的一聲，桃木梳落在雪地之上，霍揚愣然。眨眼間卻見一隻蒼白無色的手撿起地上的木梳，這個白衣女子不知是什麼時候出現，一襲白衣彷似要和天地蒼茫融為一體。她掏出一枝筆在木梳上輕輕一點，像是安慰一般說道：「妳心中的鬼，我收走了。」

霍揚仍在失神。

白鬼抬頭看了形容頹然的霍揚一眼，清冷的嗓音帶著些許無情，「你的鬼，我拿不走。」

從今往後，這個男人再也放不開回憶，再也喚不回過去……

只餘切骨相思，痛徹心脾。

百果歌

第7篇

鬼畫（上）

第一章

陽春三月，柳家小姐閨閣外的垂楊柳新芽發得正好，暖風一拂悠悠劃過水面，蕩出層層漣漪。

焦急的人影踏碎一院散漫，粉衣丫鬟嚷嚷著跑出院子，「老爺！老爺不好啦，小姐又發起狂來了！」她的身後跟來了一連串摔砸而出的瓷瓶和聲聲淒厲尖叫。

粉衣丫鬟一頭紮在轉角處的男子身上，後者沉穩地將她扶住，而後禮貌地退開。丫鬟慌張地抬頭一看，霎時呆住，好漂亮的……道士。

男子身後的中年人喝罵道：「蠢丫頭，莽莽撞撞！擋什麼路，還不讓道長進去！」

丫頭這才回過神懦懦地應了，中年人還要罵，年輕的道士擺手道：「無妨。」他聲音輕淺極是好聽，帶著安心的力量，令人感到寧靜。道士繞過丫頭，緩步走進院子，不一會兒一個瓷杯便砸了過來，和著女聲的尖叫：「滾！都滾！這裡有鬼……有鬼！」

鏡寧看了看柳小姐的面色，眉頭微微一皺，他自懷中掏出一張黃符，一邊呢喃著咒言一邊走近她。

丫鬟和柳家老爺緊張地張望，卻見柳小姐神色慢慢平和下來。待鏡寧將黃符遞給柳小姐，她的神色變得與生病之前一樣溫軟了。

「好好拿著，先在外稍等片刻。」

柳小姐握著符，乖乖出了閣門。「喀啦」一聲，閣門從裡面落了鎖。鏡寧的目光緩緩掃過屋裡的每一個角落，而後落在香案之後的那幅畫上。

垂楊柳之下，身著鵝黃襦裙的女子側倚著樹，似在賞魚，似在沉思，又似在失神，淚痣像哭一般染悲了她的情緒。鏡寧幾乎在一瞬間認出此畫畫的是柳小姐，又在下一瞬間認出她不是柳小姐。

他步子剛動，什麼都還沒作，忽見畫面一花，一顆腦袋從畫裡面探出，容貌稚氣的女子裝模作樣地翻了個白眼，又毫無攻擊力地對他伸出了舌頭，彷似用一副痴蠢呆傻的模樣就能把他嚇走一樣。

作完這個只能將孩子逗笑的鬼臉，她又快速地把腦袋縮了回去，烏龜一樣藏好。

鏡寧愣愣片刻之後微妙地瞇起了眼。他還是第一次見到蠢成這幅德行的妖。他冷著臉走上前去敲了敲香案，「出來。」畫面一片死寂，鏡寧捻了一個訣，手中燃起一團橙黃的火焰道：「念在妳作孽不深，我本欲放妳一馬，不過……」他用火焰輕輕炙烤著畫軸，「妳若想繼續作惡，休怪我不客氣。」

畫面繼續沉寂了一會兒。像是忍無可忍一般，女子滿頭大汗地再次探出頭來，惡狠狠地吐著舌頭，發出「嚇」的一聲低劣恐嚇。

鏡寧面無表情地熄了手上的火，俐落地拽住了她吐得長長的舌頭。

女子面色一驚，倉皇失色。鏡寧微微一彎脣角，平緩的聲音中難得帶了點笑意起伏，「有點痛。」言罷，毫不客氣地拽著她的舌頭，將她生生拖拉出了畫卷。

「嗷！嗷……」被拖出來的黃衣女子委屈地蜷縮在地上，捧著一時縮不回去的舌頭暗自痛垂珠淚。

鏡寧若無其事地將手上的唾液擦在了畫卷上，抹花了生動的垂楊柳。黃衣女子淚花點點地怒瞪著他，大舌頭道：「唔此。」

第二章

被人指控無恥，鏡寧也不甚在意，淡淡問道：「畫妖，如何稱呼？」

女妖高傲地一哼聲，扭過頭去。

鏡寧輕彈食指，一團明晃晃的火焰直直砸在女妖的額頭上，燙得她又是一陣嗷嗷亂叫。鏡寧好脾氣地問：「如何稱呼？」

她將舌頭塞回嘴裡，憋屈地吞了吞口水。妖怪的名字就像一個咒語，一旦被人知道了，便等同於被人控制，她斜眼看了看鏡寧食指上的火焰，嘴脣抖了抖，可憐巴巴地一邊哽咽一邊抹淚道：「末畫，吾叫末畫。」

鏡寧點點頭，「為何要作害於柳家小姐？」末畫眼珠四處轉著，不想回答這個問題。鏡寧輕輕喚她名字一聲，末畫渾身微僵，不情願地撇嘴答道：「畫出我的是一個書生，他一直愛慕柳家小姐。但上月，他聽聞柳小姐定婚……就跳河死了，我是他畫的最後一幅畫，聽見了他的遺願，他一直想娶柳家小姐，我沒其他辦法，所以……」

「想殺了柳小姐，讓他們到地府相伴？」

末畫頹敗地點了點頭，「書生好可憐，我就想幫他完成最後一個願望。」

「妳的本意雖善，然而生老病死由天定，豈能為滿足一己私慾，而殘害他人性命。」鏡寧道：「看在妳本性不壞的分上，今日我便放妳一馬，日後好好修煉，不可再作惡事。」

末畫乖乖地點了點頭。

鏡寧默了默又道：「別再動不動就吐舌頭，很容易被捉到。」

末畫歪著腦袋想了想，「可是這招很有用啊，柳家小姐便如此被我嚇到了……」

鏡寧適時地沉默了一會兒，末畫眼巴巴地將他望著，看著她水汪汪的眼睛和哭紅了的鼻頭，鏡寧突然心底一軟，輕言問道：「妳若想誠心修道，我可以教妳。」

話音剛落，末畫眼中立時聚起萬丈光芒，她撲到鏡寧腳邊，抱住他的大腿喊道：「師父在上，徒弟……徒弟在下！任憑師父玩弄！」

鏡寧又適時地沉默了一會兒。

他輕輕拉開末畫的手，「我看——妳還得多學點東西。」

「我什麼都可以學。」末畫仰頭望著他，「師父如何稱呼？」

「鏡寧。」
「鏡寧。」
「要叫師父。」
「鏡寧這名字叫著很安穩。」
「還是得叫師父。」
「鏡寧師父。」
鏡寧看著仰著臉的末畫，覺得她或許就差一根尾巴翹起來對他搖一搖了。他應景地摸了摸她的腦袋，「我沒收過徒弟，妳資質又比較蠢笨，不過我相信天道酬勤，我好好教，妳好好學，總有一天妳至少能學會裝出一副聰明的樣子來的。」
末畫高興地點頭，「定不負師父重託！」

百界歌

第8篇

鬼畫（中）

末畫妖力低微，從沒離開畫卷超過三個時辰。

這次她為了好好跟著鏡寧修行，狠心將真身留在柳府，可誰料她勉強撐了一天便睏倦不已，腳步開始左偏右倒地踉蹌。

鏡寧見此狀微微瞇起了眼，「我本以為世間資質最差的妖莫過於妳，沒想到妳竟比為師所窮極想像的下限還要低……」

他話音未落，只見末畫渾身一軟「啪嘰」一聲泥一般癱坐下去，她開始委屈地哭起來，「師父嫌棄我。」

「沒錯，嫌棄妳。」

鏡寧應得如此乾脆，倒讓末畫臉上的淚不知是該繼續掉還是灰溜溜地往回滾。

她琢磨了一番還是決定應該越發淒涼地哭出聲來，「我本以為鏡寧師父是個心善的道士，沒想到、沒想到……嗚，末畫真是錯許良緣、所託非人，此生盡誤了嗚……」

鏡寧斜眼看她，「妳知道自己在說什麼嗎？」

末畫搖頭，只顧淒涼地哭。

鏡寧很是默了一陣才自懷裡掏出一個青花瓷瓶。

拔開紅色的瓶塞，清幽芳香立即流溢出來，鏡寧輕聲道：「此乃天山血紅蓮凝製的丹藥，可助妳三日之內凝聚十年修為，五十年內修行比尋常快十成。這便當是為師送妳的……」他話沒說完，一直白嫩的手動作迅速地搶過了他手中的瓷瓶。

她仰頭一口悶了瓶中所有丹藥。

鏡寧眯起了眼，輕淺的聲音中帶了點危險的氣息，「為師以為，妳應當先拜謝師恩。」

末畫包了一嘴的藥，一邊嚼一邊睜著雙無辜的大眼睛含糊著問：「師父送徒弟見面禮唔是理所當然嘟麼？」

鏡寧了然地點頭，「如此，徒弟的拜師禮現在何處？」

一雙溜圓的眼轉了轉，末畫嚥下嘴裡的東西，高興道：「這裡這裡。」

她蹦起身來，跳到鏡寧身邊，以迅雷不及掩耳之勢狠狠一口親在鏡寧臉上。

這突如其來的一下令淡然如鏡的心也不由失了節奏的一跳。末畫的臉在眼前堆起了耀眼的笑，「那些報恩的妖怪們不都說以身相許是最大的禮物麼，我把自己許給師父了可好？」

鏡寧沉默了許久，他強迫自己挪開目光，一聲喟嘆，「妳是該認真學點身為人的知識了。」

末畫一臉期冀地望他，「師父教啊！」

鏡寧不由自主地往後偏開了頭，一時竟有種想要逃避的衝動。任由末畫將他盯了許久，他才故作淡然道：「為師還是先教妳法術的好。」

「師父教什麼我都學，左右我也是師父的人了。」

這話意味聽起來有些奇怪，鏡寧用極正道的心思來琢磨，末畫是她徒弟，她說這話也沒甚奇怪。

他點頭道：「妳且記住，為師教妳法術是令妳用來清修道行，切莫有害人之心，妳若犯我門規，我必親自收了妳。」

末畫眨眼看他，沒有表態。

「可聽明白了？」

末畫撓撓頭，「不大明白，你還沒說清楚呢！你必親自收我作什麼？姨太太麼？」

鏡寧深吸一口氣，緩緩閉上了眼，「我得先去尋個夫子教妳些俗事。」

末畫低下頭，委屈的眉眼之下卻帶著一絲暗藏的笑意，師父不知，畫出她的書生便是個很好的夫子。

第四章

三月的錦城巷陌之中盡是飛花，河堤上的垂楊柳柳絮紛紛擾擾灑滿河道，黃衣少女在船頭唱著醉心的歌兒，「山有木兮木有枝，心悅君兮君不知。」

船夫搖著船槳，聽罷此句哈哈大笑，對獨自飲茶的鏡寧道：「這位兄臺，你豔福可不淺啊！」

鏡寧坦然道：「她不過是學人家唱唱，不明其意。」

歌聲一頓，末畫不滿道：「這話的意思我還是懂的。我不僅懂這個，我還會蒹葭蒼蒼，白露為霜，所謂伊人，在、在⋯⋯」

鏡寧好笑地抬頭，「在哪兒？」

末畫眼光呆直地盯著河岸。鏡寧順著她的目光看去，只見一個白衣女子靜立河堤柳樹之下，即便垂柳讓人無法將她看得真切，但絕色姿容難掩，遙遙一眼便已睹傾城姿色。

鏡寧袖中羅盤一動，他眉目微沉，低喝一聲：「狐妖。」倏地騰身而起。末畫不明所以，呆呆地要去拉他的衣袖。哪想鏡寧力一時沒收住力，將末畫生生掃到了河水之中，船順勢向前，將她腦袋一撞，壓到了水下。

連水泡也沒吐一個，船下直接沒了動靜。

船家大驚失色，哪想這邊還未驚完，那邊清俊公子淡淡留下「救人」二字便提氣縱身，追著岸邊的漂亮小姐而去。船家見狀大罵，「負心漢啊喂！」人命哪容他耽擱，船家也忙跳下水，匆匆忙忙將落水的黃衫女子打撈起來。

末畫迷迷糊糊間聽見有人在喚自己「小姑娘」。她睜開眼，輕輕喚了聲：「鏡寧師父。」卻見一身溼淋淋的船夫對她搖頭嘆氣，「姑娘，那是個薄情漢子，妳還是另尋良人的好。」

末畫心頭一涼，神智登時清醒許多，她張口問：「他可是追那漂亮女子去了？」

船家一個勁兒地嘆息。末畫垂下眼瞼，心頭滋味百般陳雜。

鏡寧再回來的時候脖子上被抓出了三條血痕。船家收了他的錢，十分不滿地瞪他一眼，卻也不好再說什麼。

末畫坐在岸邊青草坡上，哭腫了一雙眼。

鏡寧十分不解，他不過是像往常一般去捉妖，為何回來之後彷似全天下都在唾棄他一般。他瞅了瞅末畫額頭上被船撞出來的大包，問道：「可是如此痛不欲生？」

「我……」末畫掃了他一眼，一開口便是哽咽，「我心痛！十分心痛！」

鏡寧蹲下身來，幫她輕輕揉了揉額上的包，「為何？」

「我那樣，掉在河裡……」她一邊說一邊抽噎，手上還不停地比劃著自己垂死掙扎的模樣，「我那樣掉進去，你都、都不管我就追著別的女人跑了。」她鼻音很濃，抽抽噎噎地讓人越發聽不清楚，只有一句「其實你是想殺了我吧」格外清楚。

鏡寧不解，「我見妳哭得挺精神。」

像要印證他的話一般，末畫老實哭得更精神了一些。

鏡寧不擅長安慰人，蹲在她跟前將她望了許久才一聲嘆息，無奈道：「為師下次先把妳撈起來就是，妳一個妖怪不要哭得太沒出息了些。」

末畫抽噎著停不下來，腦袋像沒力氣了一樣蹭到鏡寧肩頭，鏡寧渾身微微一僵，倒也沒將她推開。

末畫在淚眼朦朧中看見他脖子上的血痕，如此近的距離她才發現這傷口猙獰得可怕，細而深，彷似再往裡一點就能挖斷他的喉嚨。

末畫在他肩頭來回抹乾了眼淚，小聲道：「我心痛，心痛！下次不能扔下我。」

「嗯，不扔下妳。」

第五章

那狐妖妖力高深讓鏡寧沒想到，他重傷了狐妖卻沒有捉到她。思及傷重的狐妖定會需要吸食更多的陽氣，這些日子鏡寧在城中設下了不少結界，一旦狐妖用了妖力，必定逃不過他的眼。

這些天鏡寧盡心地教了末晝不少東西，令她修為著實長進不少。反倒是末晝有些不願意學起來。

是夜，兩人追蹤狐妖的蹤跡到了城外，卻在小河邊跟丟了她，彼時城門已落鎖，二人唯有露宿郊外。末晝坐在火堆邊望著靜坐著的鏡寧發呆，她覺得，這個道士的一張臉有時竟比妖怪還要惑人。

一個小石頭打上她的頭，鏡寧眼也未睜便問道：「修行需持之以恆，日日不可落下，凝神。」

「師父，我在練習怎麼在面對你的時候心跳不要紊亂。」

鏡寧睜開眼，淡淡問她：「上次落水之後留下了心疾？」

末畫揉著自己的心口道：「約莫是吧。看見師父的時候就犯病，定是上次師父將我獨自留下給我帶來了太多隱傷。」

鏡寧只淡然道：「修道若想有所成，必定清心靜神，寡慾而無求……」他說著道家清修心法，末畫聽著他的聲音慢慢走神，她覺得，修行與她而言並無多大意義，心底倒是有個想法慢慢決定下來。她忽然打斷鏡寧的話道：「師父，我覺得我不想作你徒弟了。」

鏡寧眉頭一皺，聲色難得帶上了怒火，「胡鬧！」

「我是認真的，我不作你的徒弟，作你娘子，好不好？咱們可以隨便親親、隨便滾一堆。」

鏡寧一愣，更大的怒火夾著一抹幾不可察的害羞燒紅了他的耳根，「放肆！」

末畫眨著眼看了他一會兒，而後伸出了四根手指頭，問：「師父放四要幹麼？」

鏡寧眯起了眼，見他真的氣了，末畫忙擺手道：「好吧好吧。我就當徒弟好了。」

左右也就今晚的時間。

夜入三更，鏡寧閉眼休憩，末畫輕輕向空中吐了一口氣，草葉頭上的昆蟲不一會兒便栽到地上，沉沉睡去。末畫爬起身來，走到鏡寧身後，她摸了摸他脖子上的傷，微微有些嘆息，「當時你若是來救我可不就不會受傷了麼？三尾妖狐哪是你一個道士對付得了的。若不是我重傷未癒，此事怎麼將你牽扯進來。」

她埋下頭，輕輕舔了舔鏡寧脖子上的血痕，黑色的爪印立即消了不少。末畫的唇沒捨得離開，貼著他血脈跳動的地方深深一吻，滿意地看見那處慢慢紅了起來，她笑道：「真想讓你全身都這樣紅起來。」

末畫掏出匕首，刀刃映著月色寒光，照出她比尋常更添一分腥紅的瞳孔。

她輕輕割破鏡寧的食指，用血塗遍刀刃。

「師父，你猜，明早你還看得見我嗎……」

第9篇

鬼畫（下）

第六章

清晨，城郊的樹林中薄霧一片，鏡寧揉了揉眉心，坐起身來。火堆不知道在什麼時候已經滅掉，他看了看在一旁睡的安穩得末畫輕聲喚道：「起來。」

末畫嘟了嘟嘴，一聲嚶嚀，「師父。」她聲音軟軟的，像是要讓人聽得入魔一般。

鏡寧面不改色地理了理衣裝，末畫躺在地上看了他一會兒，見他沒有半點過來拉她的意思，自己才不滿地站起身來，「師父一點也不憐惜弟子。」她眼珠一轉，巧笑道：「師父，你頭髮夾在衣服裡了，末畫來幫你理一理。」

鏡寧理衣袖，待末畫走近身前，一雙白嫩的手尚未碰到他的衣襟，鏡寧問道：「末畫在哪兒？」他眼神都沒落在她身上，像在問天氣如何一般雲淡風輕。

「末畫」聞言，渾身一顫，她堆出了笑臉，她眼眸深處卻漸漸化出了幾許青光，「師父在說什麼呢？哪來的狐……啊！」她一聲慘叫，渾身脫力地癱軟在地上，她回頭一看竟是自己的尾巴被一把不知從何處降下來的劍生生斬斷了去。

那劍通體晶瑩，靈氣四溢，竟是把難得的鎮魔之劍。這突然的襲擊令「末畫」痛得面目扭曲，登時露了原形，她竟是鏡寧正在追的那隻三尾狐妖！

鏡寧隨手一揮，那劍似晨霧一般，消散在空中。

狐妖斷了一尾，驚駭地望著鏡寧，「你……你是誰，前些日子追殺的我那道士分明沒這麼厲害。」

鏡寧自袖中掏出一張咒符，與他平日用的咒符不同，這一張符金紙紅字，殺氣凜凜，狐妖只看了一眼便瑟縮著往後面挪。鏡寧淡淡道：「來，把這事的前因後果都交代清楚。」

狐妖見自己逃不過，終是冷冷一笑道：「與我在此耽擱時間不如速去柳宅救你那畫妖徒弟，若是晚了一步，只怕她已被畫中怨鬼將三魂七魄都吃了。」

鏡寧眉頭一皺，他沉吟一番，揪住狐妖的衣領便將她拖在地上拉走，「如此便在路上交代清楚罷。」

狐妖的斷尾處磨在地上，痛得哀號不斷，一張絕美的臉上盡是痛抽了的表情，「仙長，小妖錯了！小妖錯了！小妖再不敢對您冷笑了！」

鏡寧這才放了她，吩咐道：「乖乖跟著，我不會回頭，若是沒聽見妳的聲音了，傾陽劍可不會客氣。」像是要印證他的話一般，通體透徹的劍在狐妖眼前閃了閃又隱去了蹤影。

狐妖冷汗直流忙道：「最近錦城之中除妖道士過多，小妖尋覓起食物越來越困難，前幾月對那書生……下了手，我捨不得一次將他的精魂吸光，所以將他剩下的魂魄暫時囚困在了他的畫裡。哪想他的畫卻在那麼短的時間裡生出了靈識，成了畫妖。畫妖不忍心看她主子被囚，無法投胎，所以想殺了我……但是她妖力尚淺，被我重創一次之後，便一起被我關在了畫裡。」

「前些日子柳府鬧鬼，興許便是那書生的魂魄生了怨氣化作厲鬼。」

鏡寧腳步加快了幾分，他想此前末畫在畫中日日與怨鬼相處估計活得很是艱辛。

「你救出末畫之後，她作了你的徒弟，應當是想借仙長的手來除掉小妖。」狐妖眼珠轉了轉道：「仙長，那末畫並非真心對你……」

鏡寧神色未變，輕聲答道：「妳道我如爾等妖物一般蠢笨，看不見蹊蹺麼？」

狐妖心中又是一驚，「所以，你……仙長隱瞞了實力，甚至被小妖抓傷，是為了試探末畫？」狐妖暗道這道士陰險，面色上卻帶了幾分可憐道：「既然仙長已知道末畫的意圖，為何現在還要去救她？」

鏡寧不答反問：「怎麼不說說妳為何會在這兒？」

狐妖心下一凜，撇了撇嘴不想答話，但想到之前他的吩咐又不情願道：「是……末畫昨夜用染了您的血的匕首來暗算小妖，小妖將她封回了柳府畫中，小妖一時心念有差，生了狗膽，心想既然那畫妖都能取得仙長的血，小妖說不定可以、可以……所以便貿然尋了來，冒犯了仙長實在是罪過。」

說到底，還是那畫妖不忍心再讓鏡寧對上狐妖了，怕他受傷，捨不得他再度涉險，末畫是真的喜歡上了這個男人。

狐妖思及此處不由搖頭嘆道：「心善的妖多半沒有好下場，愛慕上凡人哪一個不是死得慘烈，更何況還是個……」道士。

陰險狡詐的道士！

鏡寧聞言微微垂了眉目。

第七章

行至柳宅之外，狐妖突然驚呼道：「糟糕！我給那畫設的禁制被衝開了！」

鏡寧皺眉，微微瞇起了眼，狐妖怕得快哭出來了，「仙長！小妖在您的眼皮底下絕對不敢胡作非為，是因為您方才斬了小妖一尾，使小妖妖力大減，禁制便被那怨魂衝破了！仙長您若是再耽擱，怕是那小畫妖命都快折騰沒了！」

「既然如此。」鏡寧點了點頭，手一轉，羅盤倏地出現在他的掌心，狐妖轉身欲跑，卻忽覺一股巨大的吸力拽住了她，她驚駭地轉頭，來不及做出任何表情便被收到了羅盤之中去，空中只餘她一聲淒厲的哀號，「腹黑道士啊！」

進得柳府之內，鏡寧頓覺陰氣沖天，府中的人都不知道跑哪兒去了，他依著上次的記憶尋到柳小姐閨閣那方，隔了老遠便聽見書生哭嚎道：「天長地久有時盡，此恨綿綿無絕期！柳兒，妳負我！」言罷一陣陰風四起，在這大白日中竟從閨閣之中吹到外面來。

鏡寧眉頭微微一蹙，這怨鬼戾氣太重，若要對付，只能散了他的魂魄，令其再也無法轉世。

「你出息！」鏡寧腳步一頓，聽見裡面傳來了末畫喝罵的聲音，「堂堂七尺男兒像個怨婦一樣哭哭啼啼，你真有出息，真有出息！」

「嚶嚶……末畫兒，莫要打我，莫要打我，我不哭就是，可是那柳兒她負我，嚶嚶，她三日之後便要與他人成親，我……我怎生的不難過。」

鏡寧跨進門去，恰好瞅見柳府的人躺了一地，而厲鬼書生正被面色蒼白的末畫追著抽打。

鏡寧眉頭一挑，沉默地停住腳步。

末畫追了幾步便累得一直喘氣，她恨恨地將折下來的柳枝條扔到書生身上罵道：「你既然衝破了狐妖的禁制就乖乖滾去投胎！作什麼厲鬼，你有那個氣場麼！」

書生挨了打，悶不吭聲地縮在柳樹下蹲著，說：「我要陪著柳兒，不能讓她和別人成婚。」

「呆子，她不和別人成婚也不能和你成婚了，你……」末畫這話像是戳到了書生的痛處，他眼眶一紅，倏地衝末畫大吼道：「閉嘴！我活不成，讓柳兒和我一起死了就好！」說著，他像狼一樣猛地撲向昏倒在地的柳家小姐。

鏡寧甩手丟了一道符出去，徑直貼在書生額頭之上。只聽「哧」的一聲，書生如同被燒著一般，滾到地上來回翻轉，彷似痛不欲生。

末畫駭了一大跳，忙撲上去不顧符咒幾乎燒毀了她的手指，她蠻橫地將符從書生頭上撕下來，神色複雜地望向鏡寧，「這樣會讓他魂飛魄散的……」

鏡寧神色一如既往地淡然，「那又如何，他已成厲鬼。」

末畫呆呆地看了他一會兒，欲言又止，「那樣，就不能再轉世投胎了。」

鏡寧打量著她眼眸深處的不安與奇異的悲傷，他覺得這樣的神色不應該出現在末畫的世界裡，這個丫頭只要負責說出不可思議的話逗他開心便足矣。

「阻礙我和柳兒團聚的人，都滾開！」書生發狂一般大嚎一聲，猛地向鏡寧衝了過來。

末畫大驚失色，在她看來，鏡寧還沒有能力與這樣的厲鬼硬碰硬，當下拚了渾身最後一點妖力躍至鏡寧身前，竟是想以身作盾，為他擋下這一擊。

溫熱的身體將他緊緊抱住，這個小畫妖簡直弱得不像樣，他懷疑自己那一瓶靈藥連她的腸胃也沒經過就直接被排出去了，吸收得如此差勁，也算是樁奇事。但偏偏是這麼脆弱的一個東西，竟妄想用生命來護著他。

鏡寧腦子裡覺著這個畫妖委實蠢了些，簡簡單單地喜歡上一個人，簡簡單單地就拚了命去保護，也不想想值不值。但他的心卻偏偏為這樣愚蠢的行為不由自主地怦然跳動起來。

他一手攬住末畫的腰，身子一側，將她護到身後，單手在空中結了個印，食指輕點，清明的澄澈之光橫掃而出，徑直將書生身上的戾氣滌蕩乾淨。

「淨神術？」末畫呆呆地從鏡寧懷中抬起頭來，「師父……你已經修成仙了嗎？」

「約莫成了吧，為師忘了。」

末畫又呆了一陣，狠狠戳了戳鏡寧的胸膛，「你之前為什麼要裝得那麼矬！」

「如此比較好玩。」

第八章

末畫恨得一陣心血亂滴，卻也只有咬著牙忍了。她回頭看了看書生的鬼魂，此時他已經變得和尋常鬼魂一般模樣，他坐在柳家小姐的身邊嚶嚶哭著，但卻已經不再想著將柳小姐殺死了。

鏡寧剛想動手渡他一渡，忽見一白衣女子憑空踏出，她徑直走到書生身邊，冷聲道：「我叫白鬼，是來收走你心中鬼怪的。」她話音一落，也不管書生願不願意，掏出筆便在他心口一點，一團粉色的氣息凝聚在筆尖，白鬼不客氣地將它收進衣袖之中，「你的執念我收走了。投胎去吧。」

書生仍舊嚶嚶哭著，只是身影越來越淡，最後慢慢消失不見。

末畫張了張嘴，終是什麼都沒說。

鏡寧眯眼打量了白鬼一會兒，輕言道：「姑娘流亡百世紅塵之中，見證人世百苦，何不理理自己心中可有放不下的執念。」

「我要的便是執念。」白鬼默了一會兒道：「多有叨擾，山神見諒。」言罷，她身影漸消，竟又如此消失在空中。

末畫驚異地睜大了眼，再度望向鏡寧，「山神？」

「為師也忘了。」

末畫斜眼看他，「你個卑劣的騙子。我一直以為你只是個小道士！」

鏡寧點頭道：「為師著實修行不夠，兜了一大圈，卻只騙了一個這樣的徒弟。」

「哼，才沒有呢，徒弟你可沒騙到手。」末畫哼哼了一聲，腳步卻忍不住往後一個踉蹌，鏡寧下意識地伸手一攬，將她摟在懷裡。末畫老實不客氣地擁住他的胸，使勁兒用臉頰蹭了兩蹭，「真好，我還占了你那麼多便宜。」

鏡寧微微一愣，嘆息道：「當真蠢笨，誰占了誰的便宜都分不清楚。」

末畫眼前的事物越發模糊起來，她的頭無力地搭在鏡寧肩上，輕聲道：「師父，我沒辦法作你徒弟了。」

鏡寧一挑眉，「要作師娘？」

末畫笑了笑，「也不作，我恐怕要離你很遠。」

鏡寧一呆，狠狠皺起了眉頭，「說什麼渾話！」

「說的是大實話。」末畫道：「我是書生畫出來的，他死了，我自然也活不成，他投不了胎，我也投不了胎，不過……幸好。」她呼吸漸弱，「末畫今生太短，沒法好好作你的徒弟，來生，再繼續吧……」

鏡寧只覺心頭狠狠一涼，說不出的感覺湧入血脈，每一滴血上像凝出了一根冰針，癢癢地撓過四肢百骸，在心口的位置被絆住，然後一起湧進心房，凜冽得扎肉。

「等等！」忽然末畫又睜開眼，拽住了鏡寧的衣襟，狠狠道：「沒找到我的轉世之前，記得給我燒紙！」

鏡寧愣然，很不適宜地竟有種想笑的衝動。

末畫睜著大大的眼睛道：「多燒點！」

「嗯。」

「畢竟，我就你一個熟人還活著。」末畫頓了頓，又不安道：「來生，若上天沒讓你遇到我，你一定記得來找我啊，一定要找啊，好好教我這個徒弟！或者……直接讓我作師娘，也不錯……」

這次懷中的少女徹底安靜了下來，鏡寧覺得這樣的安靜一點也不適合她。這個叫末畫的女子若是一幅畫也應當是幅百鳥朝凰圖，嘰嘰喳喳吵鬧不休。突然的安靜只會讓人覺得莫名的……

心空。

他抱著未畫漸漸透明的身體沒說一句話。

柳府的人漸漸轉醒，柳家小姐睜眼的一瞬間，晃眼看見那個淡然若仙的道士神色莫名地寂寞悲涼。

尾聲

街頭，巷弄之裡灰衣乞兒一腳踹在壯年乞丐的褲襠上，搶過他手中的饅頭便跑。剛轉過巷口，一頭撞在一個白衣道士身上，潔白的衣服上立刻印出了一團灰撲撲的印子。

乞兒害怕，扭頭就跑，卻被道士輕易地捉住了手。

她瑟縮地往後退，道士卻蹲下身來，在晨曦的逆光之中，她看見一張像天上仙人一樣漂亮的臉。

仙人替她抹了抹臉上的灰，輕聲問道：「妳現在是想作我徒弟，還是作我娘子？」

乞兒呆呆地望著他，手中的饅頭骨碌碌地滾到地上。追出來的乞丐瘋了一樣看著白衣道士。

沒人回答他，他暗自琢磨了一會兒決定道：「那就一起作吧。」

第10篇 鬼妻（上）

第一章

晉王爺楚曄昨日納了一房美豔小妾。第二日府上便傳出小妾被朝陽公主打，生生折了雙腿的流言。

事實上傳言是不可信的。那房小妾不過是被朝陽公主的丫頭輕輕摑了幾掌，兩邊臉頰腫得很對稱而已；也不過只是被生生拖出新房，在院裡跪了一夜而已。

新房裡的燭火燒了一夜，將公主與晉王爺的身影投在貼了囍字的窗戶上，兩道身影面對面乾坐一夜。

翌日晉王上早朝走了。

晉王府內水榭之上，昨日被娶進來的女子抖著身子跪在朝澈腳邊。朝澈淺抿了口茶，問道：「妳是哪家的姑娘？」

「妾、妾身……」

公主抬手打斷她的話，「別如此自稱，妳尚未入晉王府的門。」

「婢子……婢子是涼州刺史的女兒，上月隨父入京。」
「上月？」朝瀓的指尖滑過玉杯口沿，「阿曄……晉王何時與妳提成親一事？」
「五日之前。」
朝瀓抿脣一笑，前四日他們夜夜同床、耳鬢廝磨的時候，原來他心底琢磨的卻是和另外一個女人的婚事。抑或者，他根本是因為心底愧疚，才想用情事來慰藉她的感情？朝瀓覺得，她此生還沒有受過比這更大的侮辱。
她站起身來，目光在跪下的女子身上轉了轉，笑道：「姑娘，我夫妻二人的事不該連累他人。若想清楚了，妳今日便離開王府，與妳父親回涼州吧。」
女子大驚，「可是晉王……」
朝瀓眸光一寒，淡淡掃到她的身上，只將女子看得渾身一顫，不敢多言。
「晉王楚曄是我朝陽公主的夫婿，朝陽此生只許了他一人，便不准他再娶別人。妳若想入晉王府的門，去金鑾殿上向我那皇弟請一紙休書，晉王休棄了我，你們自可隨意嫁娶。」
她話音未落，忽聽水榭之外有僕從叩拜，「王爺吉祥！」
女子眸光一亮，朝瀓卻冷了臉色。

她下意識地微微抬高了下頷，眸光冷冽地看著緩步而來的楚曄，嘴角卻勾出了笑，「王爺來得可真及時。」

跪在地上的女子雙眼一紅，立即便嗚咽著哭了出來，梨花帶雨十分柔弱可憐。楚曄定定望著朝澈，兩人之間沉默流轉，終是由朝澈打破了沉默，「王爺可要去面聖？」

楚曄垂了眼眸，微微一側頭對身後兩名侍衛道：「將她帶下去吧。」

「王爺？」女子驚慌地望著楚曄，朝澈也微感詫異。

「皇上有令，剜其雙目，亂棍杖斃。」他盯著朝澈緩慢而清晰道：「以泄朝陽公主心頭之憤。」

朝澈微驚，耳邊倏地響起女子的哭號，「王爺饒命！公主饒命！王爺、王爺救我！」她被面無表情的侍衛拖出水榭，哭號聲漸行漸遠。

楚曄唇邊微微勾出一抹淺笑，眸中卻神色難辨。他靠近朝澈，牽起她緊握成拳的手，輕聲問道：「如此，澈兒可出了氣？」

朝澈未答，楚曄湊到她耳邊，幫她撫弄被風吹亂的髮絲，他輕言道：「妳的皇弟當真心疼妳，昨日才發生的事，今日便傳到了宮裡，澈兒妳要我怎麼感謝吾皇關愛？是否有朝一日，我若與妳發生口角，妳皇弟一怒之下也將我剜其雙目，亂棍杖斃？」

朝澈手心微顫，楚曄摸了摸她的臉，退開了一步的距離，「今日事務繁忙，便不回屋睡了，公主見諒。」

他轉身出了水榭，朝澈看著他毫不留戀的背影出言喚道：「楚曄，成親之時，你說過今生只與我共度。如今你要食言了嗎？」

楚曄頓住腳步，「公主說笑了，楚曄這不是沒那個本事麼。」

望著他的背影漸漸消失，朝澈突覺渾身乏力不已，她扶著石桌緩緩坐下，身邊的侍女來過來服侍，她淺淺道：「日後，王府之內的事便別往宮裡傳了。」

「可是皇上那兒……」

「說是我的意思便行，讓皇上專心朝政，按捺下性子，別動不動就要人性命。讓他好好和丞相學學治國之道，我在王府中很好，用不著他擔心。」

「是。」

第二章

王丞相死了，暴斃家中。皇帝怒極，斬了丞相府數百侍衛。

朝澈聞訊急急趕入宮中，年僅十六歲的皇帝看見她時，霎時紅了眼眶，他像小的時候一樣，抱著姊姊狠狠哭了一通。

「皇姊，這個皇位我坐得好辛苦，就像一個萬矢之的，時時都得提防明槍暗箭。今日是丞相……明日會不會是妳，會不會是我……是不是只有將所有人都殺了，我們才能安全？」

朝澈沉默了許久，只得好好將他寬慰了一通，心懷著沉甸甸的不安回了晉王府。用完晚膳，侍女告訴她今夜晉王要在書房過夜，朝澈的眉頭便皺得越發緊了。她懷疑，並且因為這個懷疑深深地恐懼……

哪想入夜未深，晉王書房那方突然響起了陣陣喊殺的聲音。門外有侍衛們著急的大喝，「王爺遇刺了！快快！」

朝澈頓覺手腳冰涼，大腦空白一片。
她隨手抓了件外衣，連鞋也沒顧得上穿便追了出去。
書房之外已是一片狼藉，刺客已盡數伏誅，血淌了一地。
楚曄身著醬紫色大衣，被人攙扶著站在書房門口，侍衛們在地上跪了一片，埋頭請罪。
朝澈忙跑上前去，一把掰過楚曄的臉，然後一股腦地摸著他周身，「他們傷到你哪兒了？嚴重不嚴重？痛不痛？」
楚曄看見朝澈這副驚惶模樣，不由失神地一愣，「妳來做什麼？」聲色中是沒來得及掩飾的嚴厲。
朝澈一愣，楚曄從來沒用過這樣語氣與她說話，他對她從來都是溫溫和和的，即便偶爾心有怒氣，也不會在面上對她凶惡半分。
朝澈突然被如此一問竟有些結舌，「我……擔心你。」
楚曄彷似也察覺到自己失態，淡淡地一清嗓音，「這裡危險又髒亂，只怕汙了妳的衣……」他低頭一看，這才發現朝澈竟沒有穿鞋。
一雙白嫩的足被血汙盡染。楚曄心頭一熱，似澀似苦又帶了幾分難言的溫暖，他默默垂了眼簾，嘆息道：「妳不該到這裡來。」

「你我夫妻，自是你在哪兒，我便在哪兒。」

楚曄沉默了許久，終是轉開了眼，高聲吩咐道：「還不速速將院子打掃了。」

他微微退開一步，「澈兒，這裡髒亂，我命人先送妳回去。」

楚曄話音未落，書房之內忽然傳出一個女聲：「阿曄，還沒處理好麼？」

朝澈身形一僵，只見楚曄的眉頭深深蹙了起來。

「怪不得你這幾日都待在書房。」朝澈冷冷地勾起了脣，「今日的擔心，倒是我多餘了。」

她繞過楚曄，揚起下巴像個戰士一樣往書房走去，楚曄卻側身攔在她的身前。緊皺的眉頭彷似訴說著他的不安。

朝澈笑道：「你莫擔心，我不會對她做什麼，只是想看看又是哪家的姑娘將我比了下去。」

「朝澈。」

楚曄拉住她的手。神色嚴肅得像在捍衛自己最珍貴的東西，而敵人是她，他的正妻，朝陽公主。

朝澈只覺得好笑，「楚曄，你既如此花心，當初又何必勞煩來娶我，你若是隨便娶個不是皇家的女子，也不用如此辛苦地偷情，遮遮掩掩，累了你也累了我。」朝澈轉身離開，「你既執意阻攔，我不看便是。但你且記住，我不是尋常女子，我不和別人共用一個丈夫。」

「王爺的傷勢可還好？」服侍了楚曄一生的老奴關心道。

「無妨。」

老奴道：「王爺方才何不讓公主進來見見陸雲小姐？左右王爺日後也是要迎娶陸小姐的……」

「日後我不會再娶誰進門。」楚曄忽然道：「女主子，一個便夠了。」

老奴一愣，隨即嘆道：「王爺今日既要演一齣戲給人看，若是宿於公主房內，公主便能更好地給王爺作證，以打消所有人對您的懷疑。可是您卻寧可約陸小姐來王府為您作證……王爺莫不是怕刀槍無眼，傷了公主？」

楚曄沉默不語。老奴又道：「王爺恕老奴直言，若是日後王爺大仇得報，以朝陽公主的脾性，只怕是……」

「你退下吧。我想歇了。」楚曄擺了擺手，不想再聽下去。

這些道理他又何嘗不懂呢？只是人有時候明明知道捏得越緊會越發疼痛，可仍舊不願意退一步海闊天空，無關其他，只是因為捨不得。

半月之後。

朝澈見屋外陽光明媚便想著到花園裡去逛逛，散散心。

剛走到花園門口便聽見女子的嬌笑聲。朝澈眉頭一皺，這名女子的聲音近半月來一直在她腦海中迴響，時刻也沒有忘記。她悄然走到一棵大樹之後，探出頭去，打量摘了她家一籃子花的漂亮女子。

「哦，原來是陸將軍的千金。」

朝澈當然認識陸雲，塞北大將君的千金，美名在外的佳人，楚曄的青梅竹馬，兩年前與楚曄一同自塞北回朝。朝澈心想，難怪楚曄要這麼將房間裡的人護著，原來那人才是他的心頭寶，而拆散姻緣的惡人竟然是她。

不過既然作了惡人，自然是當窮凶極惡到底的。

如此一想，朝澈轉過樹蔭，揚聲道：「陸小姐，晉王府裡的花不可隨便採摘的。」她微微揚起下顎，挺直了背脊，高傲地走向陸雲，「這些花是當初我嫁入王府之時，楚曄親手為我種的，雖不是什麼名貴的品種，卻也是我的心頭寶，望陸小姐莫要奪人所好。」

陸雲微微一僵，回頭對朝澈行了個禮，卻也沒有道歉。朝澈勾了勾脣角，「把花還給我吧。就算是死了的，我也不大願意別人將我的東西帶走。」

這話說得鋒利刺人，在塞北長大的將軍千金哪能忍得下這口氣，當下眉眼一怒，冷笑道：「不過是幾朵花而已，既然姊姊想要，妹妹還妳便是，左右日後妹妹進了王府，活的死的也都屬於我罷。」

朝澈瞇起了眼，直言道：「只要我朝陽公主還活著便不會允許晉王再娶。妳趁早消了這念頭。」

「公主這話說得絕了，阿曄要娶誰……」

「妳挑釁我？」朝澈徑直打斷陸雲的話，她不給任何人勸阻的機會，揮手便是一巴掌狠狠甩在陸雲臉上，打她一個措手不及，朝澈冷聲喚道：「來人，給我掌嘴。」

身後的僕從立即上前捉住了陸雲，陸雲大叫道：「朝陽公主，妳欺人太甚！」

「欺人太甚又如何？我朝陽公主橫行京城的時候，妳不知還在何處蠻荒之地撒野，今日竟敢妄圖與我搶夫！妳且記住，我最不怕的便是挑釁，最不怕的便是比後臺，妳大可與我鬥，大可想著法地來暗算我，妳只須知道自己的下場有多難看便行。」

「朝澈！」

園子外傳來一聲怒喝，朝澈抬頭，見楚曄面帶急色匆匆而來。他拉過陸雲，護在身後，陸雲立即可憐兮兮地哭起來。

朝澈笑道：「我打了她，你可是著急了？不過著急也沒用，我已經打了。你可是要幫她還回來？」語至最後一句，神色已全然冰冷了下來。

楚曄下頜抽緊，像是忍耐住了勃發的怒氣。他轉過頭打量陸雲臉上的傷勢，吩咐他身後的侍衛道：「今日日頭太毒，易上火，送公主回房，給她熬點降暑氣的粥。」

「不用。」朝澈強硬道：「王爺多日未曾回房，臣妾胥火虛旺，今日陸小姐受了這一掌，臣妾舒爽了不少。王爺日後若繼續如此，臣妾胥火持續虛旺……我不介意陸小姐或是其他哪個小姐來替王爺解憂。」

這席話說得強硬而剽悍，聽在眾人耳裡既輕蔑了陸雲又侮辱了晉王楚曄，半分臉面也不給兩人留，甚至把她自己也諷刺了進去。

朝澈想，沒有愛情，至少她得守護住婚姻。

她轉身便走，身後傳來陸雲惱羞成怒的大喝，「朝澈，遲早有一天，今天這些話會狠狠打在妳的臉上。」

朝澈頭也未回直接無視了她。

朝澈走後，楚曄對陸雲冷冷地伸出手，「拿出來。」陸雲面色一僵，把手往後面藏了藏。楚曄淡淡凝了她一眼，「別讓我說第二遍。」

陸雲一咬牙，將手中的三根銀針扔到地上，不甘道：「她如此對我，就不允許我教訓教訓她？阿曄你如此護著她，可是真的喜歡上了她？」

楚曄拾起地上的針，並未正面回答她的話，「朝中保皇黨勢力未完全剪除，現在不能對她動手。」

陸雲冷笑，「那何時能對她動手？」

「我說不能，便不能。」

聽罷這話，陸雲只覺渾身一寒，她有些懼怕地望了楚曄一眼，見他漆黑的眼眸森冷地望著她，陸雲咬了咬牙，負氣而去。

第11篇

鬼妻（中）

第四章

此後的幾月，朝澈的腦海中一直莫名地迴響著陸雲那句話，像是一個詛咒，朝廷中擁護少年皇帝的大臣一個個先後死去，朝澈越發地不安。

直到新年之後，她的不安終於得以結束，變成了實實在在的——

絕望。

她的弟弟死了，猝死。

而太監傳的口諭卻是讓自己的丈夫晉王楚曄繼位。

皇帝死的那個晚上，楚曄不在府裡，沒人知道他去了哪兒，就像沒人知道那晚在宮中到底發生了什麼一樣。

朝澈約莫是全天下最晚知道這個消息的人。婢女含淚拿給她一身華麗的鳳袍，告訴她三日之後新皇登基大典，彼時身為皇后的她要一同與楚曄登上承天殿前的八十一級長階，受百官叩拜，跪祭先祖，承襲山河社稷。

朝澈摸著鳳袍只愣愣道：「荒唐！」

她幾乎是在這一瞬便想明白了之前未想明白的所有事。她說：「告訴楚曄，我不會去。」

第二日，她見到了已有半月未見的夫婿，他穿著皇袍，面容憔悴。

朝澈笑了，「想來你近日定是十分忙累的。以往皇弟與我說，坐在皇位上十分辛苦，卻也沒見他累成這副德行，我琢磨著你大概是比他還多出了幾分不安吧？楚曄，這搶來的東西，捧著可燙不燙手？」

楚曄神色複雜地望著朝澈沒有答話，他瞟了眼被朝澈隨手扔在地上的鳳袍，本就蹙在一起的眉頭又緊了幾分。

「你利用我撤掉了監視王府的禁軍，消除掉了皇家對你的懷疑，蠶食鯨吞地分解掉了王朝勢力，你看看你做得多麼好，皇袍加身沒有一點反對的聲音。只是我不明白，時至今日，朝陽公主對你還有什麼用？為何你還要留我一命？封我為后……」朝澈恍然大悟似地點了點頭，「是了，你心裡是清楚的，活著，對視驕傲如命的朝澈來說才是最大的懲罰。」

楚曄脣角一緊，猛地對上朝澈的眼神，卻被她眼裡的恨意狠狠一刺，忘了所有的辯駁。

這樣的眼神，他無數次地在夜深人靜之時從銅鏡中看見過，朝澈恨他，一如他深深痛恨著朝澈的父皇一樣。

楚曄嗓音微微沙啞，「鳳袍別隨意扔在地上，現在找不到人重做。事急從權，用的是先皇后的禮服，日後有了時間，我命人再給妳做一套。」

朝澈沉默了許久道：「這不是先皇后的禮服，是我弟弟做給我未來弟媳的衣服。他說要娶個和我一樣的女子作皇后，便照著我的尺寸做了這套衣裳。」朝澈輕笑，「楚曄，你要我用什麼樣的心情來穿上它？你非要讓我將你恨入骨髓麼？」

楚曄喉頭一哽，看見朝澈神情恍惚地對他說：「你要麼廢了我，要麼殺了我吧。我護不了愚蠢的愛情，也護不了可悲的婚姻，可你至少得讓我留點尊嚴……」

楚曄望著她空洞的眼眸，靜默無言，兩人明明這麼近地相望，卻彷似隔了整片天空，怎麼也觸碰不了彼此真實的溫度。

「後日，妳若不想去，便不去罷。」

楚曄離開前終是留下這麼一句話，沒說廢了她，也沒說殺了她，就像以前她假裝生病不陪他去參加宴席一般，那時她欣喜地以為是縱容和寵溺，現在朝澈總算明明白白地看清楚了，那不過是晉王楚曄利用她時的討好。

而此刻……

約莫只是勝利者的憐憫罷了。

第五章

　　楚曄登基大典的那天他獨自一人穿著莊嚴的龍袍，走過長長的階梯，站定在承天殿前，百官朝拜，山呼萬歲。他拂廣袖彷似能將天地納入囊中，可卻也攬了一袖涼風，寒意徹骨。

　　那個心高氣傲的女子，只怕是再也不會嘟囔著抱怨他穿得少、忘記加衣了。他正想著，忽見一襲耀目的明黃色踏過八十一級階梯下青雲長道，他的皇后一身驕傲不滅，身著尊貴富麗的禮服緩步而來。

　　他望著她的身影幾乎有一瞬間的失神。

　　朝澈還是在乎楚曄的。

　　只是一番猜測便足已令楚曄熱血沸揚，心緒怦動。性子隱忍如他也按壓不住唇邊勾出的弧度。

　　他想，她到底還是喜歡他的。

這便極好……

眼看著她一步一步踏上青石長階，向他而來，楚曄幾乎有些迫不及待地往下走了兩步，他伸出手，欲牽住她。

哪想朝澈卻在他下面幾級階梯那兒站住，黑得透亮的眼眸中清晰地映出他的面龐，而她臉色理智得森冷。

楚曄的手微微一僵，尷尬地頓在空中。

「皇上？」朝澈冷嘲著低喚，她垂了眼眸，忽然自鳳冠之中拔出一柄細長的金剪子。楚曄指尖微微一縮，卻沒有躲。長階兩旁的侍衛皆是一驚，都將手放在刀柄上警惕地戒備著。

朝澈卻無其他動作。只是這細長如釵的金剪一取，她的黑髮如瀑散下，隨風而揚。

「成親那日，老嬤嬤將我倆的頭髮結在一起，是永以為好之意，今日朝澈已找不到當初與你頭髮相結的那一撮了。」她一聲輕嘆，一把攬過自己的頭髮，金剪毫不猶豫地將三千青絲盡數剪斷。她將斷髮隨手扔在地上，「不如全斷了它，你我便如這斷髮一般，恩斷義絕了罷。」

楚曄面色一白，僵挺的身形彷似在這瞬間猶如被雷痛擊，眼瞳中難掩驚怒之色。

他緊握著拳，百官匍匐在下噤若寒蟬，但他知道，沒人會眼瞎地看不見朝陽公主要與新皇割髮斷義。

他明白，朝澈是在逼他，像她所說的那樣，要麼廢了她，要麼殺了她。

「澈兒。」楚曄緊繃的臉色忽然鬆了鬆，他又向下走了兩步，強硬地捉住朝澈的手。朝澈下意識地要推開他，「別碰我，噁心。」

楚曄半分不肯鬆手，他抿緊唇，伸手去攬朝澈，指縫中夾的銀針順勢扎入她後腦杓之中。朝澈只覺眼前一黑，神智頓時模糊起來。

楚曄將脫力的她摟入懷中。

陷入徹底的黑暗之前，朝澈拽著他的衣襟狠狠道：「楚曄，你有多恨我，非要與我不死不休，不累麼……」

懷中的女子一沉，徹底昏迷過去。

楚曄冷聲吩咐道：「皇后近日勞累，且將她送回去。」

百官靜默一片，面上的臣服之下，心中不知又湧出了多少鬼胎。楚曄垂下眼眸，背過身去，獨自一人走入巨大得令人恐懼的朱紅色大門。

此刻沒有誰能看見新皇眼底的重重青影，沒人能知道他背負的天下蒼生會一天比一天沉重地壓在他的肩上。沒有人能感受到，承天殿中即便是左右無人，也依舊有暗潮湧動、鋪天蓋地的令人窒息。

楚曄獨坐皇位之上，透過眼前的珠玉簾遙遙凝望外面的天空。

他知道，他的朝澈，再也不會是他的朝澈了。身為朝陽公主的她，從今往後，只會與楚曄不死不休。

他累，但誰叫他捨不下呢？

恨也罷，愛也罷，他此生已被糾纏得理不出頭緒了。

百果歌

第12篇

鬼妻（下）

第六章

朝澈享皇后之尊居於坤容殿。

這座宮殿她並不陌生，幼時她與弟弟、母后一道住在這裡。她看見每一處風景都覺得昨日還與弟弟在此玩鬧過，但轉頭便發現這裡早已物是人非。宮中的每件事物都夾帶著過去鮮活的記憶，昔日與今時的對比就像一頭埋伏在暗處的猛獸，在任何一個不經意的轉角便撲上來將她噬咬得體無完膚。

入秋之後王都連下了三場秋雨。驕傲的朝陽公主病了，發燒咳嗽，太醫每日出入坤容殿，宮殿之中皆是一股藥味。

新皇楚曄撇開沉重的朝務，終是抽空來看了她。只消一眼，便讓他心疼得軟了心腸，那個趾高氣揚的朝陽公主何曾如此脆弱過。沉眠病榻，一臉慘白，瘦得不成樣子了。

他忍不住心底酸澀，坐在她身邊，顫抖著輕撫她的臉頰。

朝澈病得迷糊，她微微偏過頭去，像小狗一樣在他的掌心柔軟地一蹭，沙啞喚著，「母后……」

楚曄喉頭一哽，心臟彷似被人狠狠抓住，連疼痛也如此無力。他摸了摸朝澈的額頭，迷茫至極地呢喃：「我該如何做，妳要我該如何做？」

她轉醒之時看見楚曄坐在床榻之下，腦袋一點一點地快要睡著。「楚曄。」她喉頭乾澀，只一聲喑啞的喚便讓她劇烈咳嗽起來。

楚曄驚醒，眼中血絲遍布，他忙端了水來餵朝澈喝下。哪想朝澈水沒嚥下，倒嘔了一口血出來，黏膩溫熱的血絲染了楚曄一手腥紅。朝澈咳嗽不斷，楚曄傻傻地愣愣住了。

「什麼時候開始……會咳出血來？」他嗓音有些抖，喑啞的聲音中按捺著驚痛。

「為何？」她輕輕問出兩個字，看似莫名其妙，但楚曄不會不懂。

「十二年前。」楚曄默了許久生硬道：「我父王……晉王楚襄被加以莫須有的罪名，斬首，晉王府一百三十餘人流放塞外。」

朝澈恍然大悟，隨即笑道：「朝澈恭喜皇上大仇得報。」楚曄面色難看地一白，朝澈一直笑著，「皇上莫要作此神色，你瞧，你隱忍十二年，如今終是報得血仇，該開心才是。不……我忘了，這兒還有一個仇人之女尚還安好地活著，你自是該如鯁在喉，怎麼都無法順心的。」

「朝澈！」楚曄微怒。

朝澈臉上的諷笑掛不住了，她盯他冷聲道：「父皇封我為朝陽公主，乃是希望我一生都如朝陽初升般燦爛美好。而現在……」她抹了抹楚曄手上的血，道：「為了你最後的仇恨，我僅有的驕傲，殺了我罷。」

楚曄下顎一陣抽緊，他拂袖而去，腳步卻像逃一樣倉皇。

朝澈望著窗外陰雨綿綿的天空呢喃道：「你說我是自縊還是投湖？」她暗自琢磨了一下，「都太普通了，我朝陽公主自是得死得與眾不同點。」

霜降這天，朝澈又穿上了那身繁複華麗的衣裝，她告訴侍女，有急事須得面見皇上。但此時正值早朝，朝澈便擺了駕，一行人帶著她急急趕去了承天殿。

行至承天殿外，太監通傳之後，朱紅色大門大開，朝澈抬眸直直望向皇帝。萬人之上，坐擁天下。可那個位置有多孤獨，朝澈從小便知道。她恍然記起那年紅燭明晃晃的火焰之下，她對楚曄說：「阿曄，日後我陪著你，你陪著我，咱們一起走完這一生可好？」

當時，楚曄聽到那話肯定是在心裡嘲笑她來著。

嘲笑便嘲笑吧，他們這段姻緣，左右不過是場笑話。

朝澈彎起了脣，大方儒雅地微笑，她在殿外跪地叩首，行的是三叩九拜的大禮。

朝堂之中一時有些嘈雜起來，楚曄心中陡然攀升出一股不安。

朝澈未等到楚曄讓她起身便自顧自地站了起來，她望著龍椅之上的金黃匾額揚聲道：「朝澈不孝，昔日引狼入室，而今奪不回祖宗江山。唯有以死謝罪，祈願社稷長安，家國常在！」

她微微往後退了一步。在她身後，八十一級長階之中是石雕的龍，龍背鰭豎立，宛如一把把鋒利的石刀。

意識到她要做什麼，楚曄容色盡褪，血液裡霎時充斥滿了驚恐，他怒喝道：「妳敢！把她給我綁起來！」

話音未落，他只見朝澈脣邊帶笑直挺挺地往後仰去。

楚曄，就這樣吧，愛恨情仇咱們都不去計較了。

「不准！回來……」

他聲嘶力竭的聲音都變成了耳邊的風絲絲冰涼地劃過，什麼也沒留下了。

第七章

他又看見朝澈端著清淡的粥走進屋來。她說：「唔，我熬粥不小心多熬了一點，阿曄，你嘗嘗。」她坐在他身邊，眼睛亮亮地望著他，他依言嘗了一口。她便迫不及待的問：「好喝麼？」

「好喝。」

他輕輕的一聲念便把自己驚醒。陸雲站在他身邊，手裡捧著一碗白粥，她笑嘻嘻地道：「好喝便行，我可熬了許久呢。」

不是朝澈。

那個像太陽一樣容不得半分欺辱的驕傲女子，已用一種決絕得近乎殘忍的方式退出了他的生命，徹徹底底，乾脆得可怕。

「阿曄。」陸雲忽然略帶了些嬌羞道：「上次我爹問……問我，你有沒有與我提過成親的打算。」

楚曄眼中神色稍稍涼了下來，「雲兒，另覓良人吧。」

陸雲捧粥的手一抖，「你……什麼意思？」

「楚曄心中有人，裝滿了，盛不下了。」

陸雲抑制住顫抖，冷冷笑道：「何人？朝陽公主麼？那不過是個死人！」

楚曄冷冷凝了陸雲一眼，「別讓我說第二次。」

「好，皇上，你很好！」陸雲冷冷一笑，負氣而去。

楚曄最近總是失神。早朝之時，他會看見朝澈筆挺地站在承天殿門口，客氣而疏遠地微笑著，說：「願社稷長安，家國常在。」眨眼間便被撕作了支離破碎的身體，渾身是血地躺在青雲長道的白色磚塊上，血四處流淌，觸目驚心。

批閱奏摺之時，他會看見朝澈冰冷地質問他，「這搶來的皇位，你坐得可還舒服？」夜半人靜之時，他或感覺朝澈躺在他身旁，像是過了一場激烈的情事，慵懶地縮在他懷裡說：「以後咱們第一個孩子一定要是男孩，哥哥好疼妹妹，做姊姊太累。」或感覺朝澈陰冷地站在他床榻邊，一言不發地望著他，然後慢慢落下血淚來。

他偶爾也會夢見昔日母親含淚喊冤，也會夢見父親掉落在地的頭顱。

所有的記憶就像無數的針，日日夜夜在他血液裡扎下然後翻攪。

楚曄眼下青影日益沉重，再也掩飾不住。

后位懸空，朝堂之上的爭鬥愈演愈烈。楚曄覺得，自己不能再耽於往昔，太醫為他診脈之後道他是心病。有宦官進讒言說是宮中怨氣過重，應請法師來驅除邪靈。

楚曄望著坤容殿的方向，准了這個提議。

法師入宮的那日鵝毛大雪紛紛而下，楚曄獨坐寢殿之中，大門之外，法師們呢喃的聲音緩緩傳入門內，他扶頭笑了笑只覺自己真是荒唐。

忽然，一陣銀鈴之聲驀地傳入他的耳朵，楚曄一挑眉望向憑空出現的白衣女子。她輕聲道：「我叫白鬼，來取走你心中的妖魔之物。不過今日我是被門外的道士召喚而來，你若不願讓我拿走，我可以離開。」

楚曄不甚在意地笑道：「若妳有這本事，便拿走試試。」

她摸出袖中的毛筆，在空中勾勒了幾筆，空中恍然出現了朝澈的身影。楚曄渾身一僵，望著那道影子恍然失神，白鬼冷漠地將朝澈收入囊中，輕聲道：「你的鬼，我收走了。」

「站住！」

他慌亂起身，白鬼的身影如來時那般倏地消失在了空中。

門外道士們作法的聲音一頓，宦官輕輕敲了敲門，小心地問道：「皇上？」

楚曄腦中微微有些抽痛，他揉了揉眉心，背後彷似有個女子關心地幫他揉了揉額頭，道：「你怎麼比我那皇弟還要疲累？你歇歇，我去給你熬粥。」言罷，她拉開寢殿的門，緩步走了出去。

「朝澈……」

太監推開殿門不安地望著皇帝，「皇上，可還要讓法師們繼續？」

幻影般的女子回過頭看他，外面白茫茫的光亮之中，他竟看不清她的模樣了。他瞇起眼欲要將她看個仔細，哪想卻恍然發現自己怎麼也憶不起她的面容。

末章

朝澈似乎真的從他的世界裡消失了，不管是清醒時還是夢中，都不見她的音容。

楚曄卻比之前更容易失神，眼中的感情越來越少，心緒沉澱下來之後，空洞與木然越來越控制不住地浮現。

又是一年立春，楚曄走過承天殿下的青雲長道，清晨時分，天邊朝霞燦爛，楚曄抬頭仰望八十一級階梯上的承天殿，晃眼間彷似有個身著一襲紅色宮衣的女子站在臺階之上，神色傲慢地打量著他。

楚曄一愣。

耳邊恍似有人在大叫道：「有刺客！護駕！」許多人一擁而上要將他拽走，楚曄奮力推開四周的人，只是定定望著那女子，一步一步往長階那方走去。

四周的聲音彷似都變得極遠，他越來越清楚地看見了女子的面容。

像初升的朝陽一般，驕傲不減的臉，勾唇笑了笑，「你便是才回京城承襲了王位的晉王楚曄？」

他抿脣微笑，一如三年前他們的初遇，只不過那時他心底壓抑的是血恨，而現在眉眼之中藏的皆是細碎而溫暖的光。

哀傷得使人聲音顫抖，「朝陽公主，久仰大名。」

一把利刃穿胸而過，塞北大將軍的聲音在他身後響起，「皇上，莫怪微臣狠心，自來狡兔死走狗烹，你既不肯立雲兒為后，讓臣不得不胡亂猜測……」

楚曄像沒感覺到疼痛一樣，他笑道：「這樣也好，這樣……也好。」

漫天日光彷似傾瀉而下，浸染了他眼前的一切，唯有那女子的身影格外地清晰。

他又向前踏了兩步，力氣隨著血液流逝，他腿一軟，摔倒在地。他仰起頭努力地想要再看一眼朝澈的模樣，而她只是遙遙地望著他，而後一拂廣袖，轉身離去。

染了血的手指觸摸到了最底層的階梯之上，僵冷在那裡，以一個求而不得的姿勢完結了生命。

若是有人記得，楚曄死去的這個地方正好在當時朝澈屍首的身旁，他手放的那個位置也恰恰是當初朝澈手最後觸碰的位置。

夕陽西下，春燕雙飛而過，不知多年前曾有一對麗人在此立過無人知曉的誓言。

「我只嫁一生一人。」

「我許妳這一生。」

第13篇

鬼兄（上）

第一章

下班的時候胡露在公司樓下瞅見一個美麗纖細的少年。

他一身古裝打扮，身披白色絨毛大氅，穿著鮮紅的衣裳，腳踏青花布履，一頭長至腰間的青絲，頭頂兩個小小的耳朵，還戴了一副紅色隱形眼鏡，引起了不少路人的打量。

胡露想，這是哪個劇組落下的演員？大熱天的穿這麼多，討生活真是不容易啊！

第二天上班，胡露看見那少年還站在那處，一動不動地望著對面大樓牆上的大螢幕。下班的時候，胡露見少年還站在那兒。她聽說，這孩子從今早到現在都沒挪過地方。

經過一天的曝晒，他的臉頰火灼一般地紅，像是被晒傷了皮膚。美麗的面龐一直仰望著對面的螢幕，表情卻有些茫然失落，看起來很是可憐。

他到底在看什麼……

胡露正猜測著，忽見一個小姑娘捧了杯涼茶過去。姑娘嬌滴滴地說：「你要不要到陰涼的地方……」

「離我遠點！愚蠢的人類！」

他一開口，極度的不滿和不耐便衝了出來，像是隱忍了許久終於被人點燃了一樣。四周圍觀的人都被這句突如其來的怒喝嚇得一抖，小姑娘也愣住了。

見面前的人沒走，少年毫不客氣地一把搶過姑娘手中的涼茶，「咕嚕咕嚕」兩口喝乾了，又把空杯子蠻橫地塞到姑娘手裡。他傲慢地揚起下巴，被晒得通紅的臉擺出不屑的表情，「給妳個伺候的機會，退下吧！」

「嘖嘖……」胡露暗自咂舌，將同情收了回去。

週五傍晚的時候下了場暴雨，路上行人腳步匆匆，沒有人再停下腳步來關心少年一眼。

胡露加了晚班，走出公司大門的時候看見一身華麗的少年孤零零地站在雨裡，路燈襯得他面色青白，嘴唇發紫。胡露盯了那個帶著莫名沮喪的孤單身影許久。她一聲輕嘆，心軟地從包裡摸出了兩把傘，撐出太陽傘給自己打著，又撐起雨傘，走到少年身邊。

耷拉著腦袋的少年聽見有腳步聲走近，他猛地抬頭，眼中帶著輕視與敵意。

胡露一言不發地將傘放到他面前三步遠的地方，又默默走開。

「哼。」少年一聲冷哼，「我會用你們這些弱小人類的東西麼。」

走了幾步的胡露聽得他這聲嫌棄，心想著自己應該回去把傘撿回來，她可沒大方得隨便把自己的東西扔給一個根本就不需要的人。哪想她一扭頭，正好瞅見少年彎腰撿起傘遮住雨後長舒口氣的表情。

少年看見胡露回頭，眼中還帶著好笑的神色，頓時微微紅了耳根，惱羞成怒道：「我大發慈悲地用了妳乞求我用的東西，還不謝恩！」

胡露低聲嘟囔：「真是個口是心非的傢伙。」她也懶得和一個半大的孩子計較，轉身往公車站走去。

下了車步行回家，胡露聽見身後有個如影隨形的腳步聲，她心裡害怕，幾乎是小跑著趕到自家樓下，明亮的燈光給了她一點勇氣，她猛地轉過身去，卻沒看見一人。

胡露心頭一舒，隨即又高高地提了起來，方才明明是有腳步聲的，如果沒有人，那是……

忽然一個有些喘氣的聲音在她身旁問道：「妳終於肯停下了麼？」

「啊！」胡露扔了傘捂著耳朵驚聲尖叫：「你別殺我！我……我我我心地善良，福澤深厚，上頭有人，殺了我會遭天譴、譴的！」

「啊，是嗎？那我試試天譴是怎麼個譴法。」

胡露訝異地瞪大了眼，可她一瞅見這個藐視天道的「鬼」的模樣，頓時抽了嘴角。她咬了咬牙，忍下被戲耍之後的怒火，恨恨道：「你跟著我幹什麼？」

來者正是胡露公司樓下的紅衣少年，他揚揚下巴，道：「我從不欠人情，還妳傘。」

胡露愣愣了一會兒，「你……一直從公司追著公車來的？」從公司到她家好歹也有六站的距離。

少年怒道：「那方盒子是個什麼玩意兒，跑得倒快，追得大爺想卸了它。妳這丫頭一路還沒命地跑，累得爺更想卸了妳。」

胡露默了默，心想這小子拍古裝戲拍瘋了吧，她撇了撇嘴道：「傘你拿去用吧，不用還我了。」她頓了頓有些遲疑道：「你這個年紀……不管和家裡有什麼矛盾，還是應該回家去解決。」

「家人都死了。」少年毫不在意道：「我到這裡來就是為了找哥哥。」

胡露沒想到看起來如此桀驁不馴的少年，竟然有個淒涼的家世。她還在愣神，少年將傘往前一推遞給胡露，「拿去，我不愛欠別人東西。」

明明有人送給他傘他那麼高興的……胡露撇了撇嘴，接過傘，轉身上樓。

少年默默地蹲下身子，坐在臺階上，神色有些茫然地望著茫茫雨幕。胡露在樓道轉彎處情不自禁地回了個頭，看見他溼答答的背影，頭頂上那兩個道具小耳朵喪氣地耷拉著，看起來無比可憐。胡露微微一心軟，鬼使神差般開了口，「如果……你沒地方去，可以到……」

她話音未落，只見少年俐落地起身，幾大步跨到她身邊，睜著亮錚錚的眼望她，「到妳家去，帶路啊！」

胡露抽著臉乾笑，「呵呵，你還真是自覺吶。」

「嗯，我自然是聰明絕頂的。」

第二章

胡露泡了兩碗泡麵放到桌上道：「將就著吃吧。」

少年夾起麵條很是詫異地打量了一會兒，「這怎麼像條線蟲？」胡露一口麵嗆了出來，頓時沒了食慾。少年遲疑著嘗了一口，突然，他眼睛一亮，二話沒說，兩三口便將泡麵吃了個乾淨。

喝乾了湯，他捧著空碗，睜大眼望著胡露，「再來一碗。」

胡露無語地望著他，「你到底是有多餓？」她轉念一想，這孩子有三天沒有進食，還能活著追著公車跑六站路，已經算是個奇蹟了。少年臉頰微微一紅，倏爾又擺出傲慢的神色來，「哼，給妳一個伺候我的機會，還不快去。」

「你這小鬼就不會好好說話麼。」胡露嘟囔了兩句，仍是心善地給他又泡了碗麵。少年捧著第二碗麵幸福得咧嘴笑了，連帶著頭上的耳朵也高興地動了動。

等等……耳朵動了？

胡露眨著眼，忍不住好奇，一爪子掐上了少年頭頂的耳朵。這一瞬，她的表情變得微妙起來，毛茸茸的、又軟又暖，居然是真的耳朵哎……但是，如果這耳朵是真的……

胡露倒抽一口冷氣，少年含著麵，嘟著嘴奇怪地抬頭望她，胡露清清楚楚地看見了他紅色的眼——這貨根本沒戴美瞳！

她心底發寒，連連倒退，最後腳一軟，徑直摔倒在地。她渾身都在抖，「你你，你是……妖妖妖……」

少年想了想這兩天在對面大樓的大螢幕上看見的東西，接口道：「切克鬧。」

胡露兩眼一翻白，生生背過氣去，也不知是被嚇的還是被氣的。

少年喝乾淨最後一口麵湯，把躺在地上的胡露打量了一會兒，道：「看在妳做的東西還不錯的分上，我就大發慈悲地讓妳伺候我一段時間吧。」他十分感慨地搖頭嘆息，「對愚蠢的人類如此仁慈，我真是太善良了。」

胡露醒的時候，發現天色已經大亮，而自己橫屍一般躺在地板上睡了一晚，腰和肩疼得像快斷了一般。胡露敲了敲腦袋，嚴重懷疑昨天自己是不是被人下藥，居然會撞見妖怪。她扶額笑了笑，站起身來。

「醒了？很好。」

鮮衣少年坐在沙發上，霸氣地翹著二郎腿，驕傲地打量著她，一雙立在頭上的耳朵俏皮地抖了幾抖。胡露愣了愣，隨即一巴掌甩在自己的臉上，轉身便向臥室走去。她捂住眼睛呢喃：「胡露，妳還沒睡醒的吧。」

「站住。」她腳步不停。少年又道：「我無意傷人，但偶爾殺一、兩個，沒什麼大不了。」

胡露身形一僵，捂著眼，不敢面對現實，「不……別說你是妖怪。」

「沒錯，我是妖。」

胡露無言地淚流滿面，她昨天是怎麼腦抽了，居然敢撿個陌生人回家，如今終是遭報應了。她轉過身來，沒出息地哭喪著臉，「我身體不好，沒精氣讓你吸，我家樓上是個健身教練……他體格不錯。」

「我說了，無意傷人。」少年站起身來，慢慢走近胡露，他揚著下巴，傲慢地說：「卑微的人類，作我的侍女吧。」

胡露默了許久，「啥？」

「昨日我已說過，我來這裡是為了尋找兄長，但這裡的物什……咳嗯，有那麼一點點在我的意料之外。所以，我勉勉強強允許妳做我的僕從，伺候我起居飲食，直到我找到兄長將其帶回為止。」

「我？」胡露無語凝噎，「為什麼是我？」

「妳做的食物不錯。」

胡露一愣，大呼冤枉，「泡麵誰做出來都是一個味道啊！我送你一箱，你去找別人吧！」

少年一挑眉，「妳既知曉了我的祕密，又不願伺候我，那便伺候閻王去吧。」他眸中紅光一盛，指甲登時長長了寸餘。

胡露哭了，「不不，我願意伺候您的，心甘情願，只是幸福來得太陡然，我一時沒反應過來。」

少年這才滿意的點了點頭，「嗯，態度不錯，那咱們這便走吧。」

「走？去哪兒？」

「尋找我兄長。」

第14篇

鬼兄（中）

妖怪說，送他來這裡的巫師是把他送到了離他哥哥很近的地方，他出現在胡露她們公司樓下，證明他哥哥一定在那一帶活動，所以只要去那裡尋找應該很快便能有結果了。

可是！

「你不能這樣出去。」胡露攔住少年，少年不滿地望她，胡露解釋道：「你這身打扮，過於引人注目……」跟這樣的人出去會被笑死吧。

少年兀自琢磨了一下，道：「妳說得沒錯，入鄉隨俗。」他頓了頓，又理直氣壯道：「侍女，伺候我更衣吧。」

「你不是不欠人情麼！」

「妳是我的侍女，不再屬於人的範疇。能有機會伺候我，高興得顫抖了吧？弱小的人類。」

這傢伙……胡露咬牙，恨得一陣心血滴，然而，看了看他鋒利的指甲和血紅的眼瞳，胡露終是按捺下焚心怒火，從衣櫃裡找出了一件短袖和一條牛仔褲。

「這是我表弟之前來玩之後，落在我這裡的衣服，你應該能穿。」

「嘖，無能的侍女。」少年嫌棄地瞅了她一眼，像是無可奈何極了的模樣，搖頭嘆息地拿著衣服，進了臥房。

胡露握拳，她真想把這小鬼那雙氣人的眼睛給生生摳出來。

少年更完衣，走出來時讓胡露眼睛小小亮了一下。

果然，一張禍水的臉不管在什麼情況下都是殺人無形的利器。

她輕咳一聲，轉開視線，「你過來，我把你頭髮給梳一梳，待會兒好給你戴個帽子擋住耳朵。」

少年這次倒是配合地坐下。

胡露沒想到經過這麼多天的風吹日晒，這傢伙的頭髮居然還柔滑得能一梳到尾，果然……上天是不公平的！

胡露一邊腹誹著，手上一邊動作，不料少年卻忽然一把抓住了胡露的手。看著他尖利的指甲，胡露嚇得直結巴，「做做做什麼？」

「唯有妻子才可以把丈夫的頭髮一梳到尾。」少年正色道：「此乃禁忌。注意點，侍女。」

他放開她，胡露長舒口氣，小聲抱怨：「要求還真多……」

不過，也就忍這麼一會兒了。

帶著少年出門後，胡露一直在動著小心思，她想找個人多的地方把這傢伙繞暈了丟掉。她回去將東西收收，這幾天隨便找個旅店將就著好了。他要找人，應該沒那麼多時間纏著她。

胡露認為自己的計畫很完美，把她自己都美笑了。

而她沒想到的是，這傢伙黏人的功夫出乎意料地厲害，有幾次在匆匆的人流中差點甩掉他時，又被拽住了頭髮。胡露心焦得直撓頭，少年也有些不耐煩了。

「妳怎麼像個孩子一樣，老是走丟。」

胡露心裡急得大罵：老娘要是能像個孩子一樣走丟，就該捂著臉偷笑了。尼瑪這不是走不丟麼！

少年不知胡露的心有千千結，他有點蠻橫地一把握住了胡露的手，溫熱的掌心燙得胡露一愣。

胡露從來不會告訴別人，今年二十五歲的她還是個處女，就像她永遠不會告訴別人，她的初戀從來沒有發生過一樣。

被男生這樣握住手的事情，好似自小學最後一次春遊之後，就在她的生命中消失了。

胡露慢慢紅了臉頰。她……她居然被個少年給調……調戲到了。

「好好牽著。」少年不耐煩道：「再走丟我就揍妳！」

一句話打破了胡露所有的遐想，她抽了抽嘴角，把這貨賣掉的心情越發強烈。第一個作戰失敗，她開始琢磨著另外的方法，分散他的注意力，然後……甩了他。

「那個，你要找你兄長，可是，你兄長是什麼模樣，總得告訴我吧。」

「低等的人類是看不見他的。」

「什麼？」

「我哥哥被九個道士打散了魂魄，魂散四方，我已將其餘魂魄凝聚了起來，唯剩這一魂流落異世。我只有找到了這一魂，將哥哥的魂魄修復完整，他才能再入輪迴，獲得新生。」

胡露點了點頭，「也就是說，你要找的哥哥是一隻鬼魂，鬼？」

「沒錯。」

胡露幾乎是撕破臉皮一樣立即抱住了身邊的一個路燈，她哭道：「不，你不能害我，找人是一回事，找鬼是一回事，我膽小，一嚇就沒了。」

少年被她突然地用力拉得一個踉蹌，他皺眉看她，「侍女，妳好沒出息。」

「沒了命要出息幹麼。」胡露哽咽，「還有，我叫胡露。」

少年亮了亮自己的指甲道：「葫蘆，我沒那麼多時間陪妳耗，斷手還是斷妳抱著的這傢伙，選一個吧。」

胡露心道自己左右都是個死，登時也橫了心，她閉著眼道：「你斷吧，我死了就再也不用伺候你，不用給你煮泡麵了！」

聽見泡麵二字，少年略有遲疑，他煩躁地撓了撓頭，「好吧好吧，妳把路帶我走熟之後我就自己來找。妳每日伺候我梳洗進食便好。」聽得這個條件，胡露才稍稍放了手。

「真的？」

「我葉傾城從不食言。」

夏日的陽光傾瀉在少年絕色的臉上，胡露這才知道了這個妖怪的名字，葉傾城，果真是傾城之色。

不過……

「你怎麼取了個女人的名字？」

「葫蘆，妳想死了麼？」

第四章

胡露賣掉葉傾城的計畫最終是失敗了。

躲不掉，她便只有來想想應對之計，好在葉傾城這個妖怪除了傲慢、自大、狂妄、自戀又脾氣暴躁之外，總的來說他還是不怎麼過分的，至少他從來沒有真正傷害過胡露。思及他不可能待在這裡多久，且一天六包泡麵就便足以餵養，胡露也就勉勉強強地忍受了下來。

「葫蘆，妳今天太慢了。」葉傾城不滿地抱起手臂，「竟然敢讓主子等這麼久，真是大膽的侍女。」葉傾城每日都要到她公司附近來轉悠，傍晚時分便會順道來拖她回家，自然，是為了早點吃到他最愛的泡麵。

胡露今天被客戶纏得頭痛，也懶得和他計較，有氣無力地說了聲走吧，便疲憊地走在了前面。

沒有接收到平時敢怒不敢言的反抗眼神，葉傾城覺得有點無趣，他看著前面揉著額頭不斷嘆息著的胡露，眉頭皺了皺，還沒說話，忽聽身後傳來一個男人的聲音，「哎，胡露，晚上要不去吃個飯？」

葉傾城眼神一冷，胡露渾身一僵，她慢慢轉過頭來，勉強笑道：「不用了。」

「別一開口就拒絕呀。」走過來的男人說著便要去拉胡露，葉傾城腳步一動，擋在胡露身前，毫不客氣道：「猥瑣的禿頂人類，現在你有兩個選擇，消失或是死在這裡。」

男人被這句話震住，呆呆地望著葉傾城。胡露的臉卻難看地抽了抽，她忙拽住葉傾城的手一個勁兒往後拖，「那啥，你看，我去不了，先走了啊！」言罷半是拖半是拽地把葉傾城拉走了。

徒留男人在那裡失神地摸了摸自己的頭頂，一臉神傷。

回到家，葉傾城十分不滿地抱起了手臂，皺著眉打量她。胡露忙道：「我這不是擔心麼。」

葉傾城更不滿了，「我一根指頭就可以捏死那個腎虛的男人。」

胡露扶額，「我就是擔心這個啊……」她嘆了口氣，看著葉傾城的臉稍稍有點小羞澀，「不過，還是謝謝你方才為我出頭。」

「妳出去吃飯，誰給我煮泡麵。竟敢不管主子的膳食……」葉傾城絮絮叨叨地抱怨著。

胡露黑了臉色提了兩包泡麵進廚房，鍋碗瓢盆的聲音摔得老大。

與葉傾城在一起生活了整整一個月，公司的人都說胡露的脾氣變好了，做事更有耐心了。胡露暗自抹了一把心酸的淚，她覺得，與葉傾城比起來，再難纏的客戶也是好對付的，再難聽的譏諷也是能忍受的。她因此也小漲了一點薪水。

這週五下班，葉傾城竟然沒來公司接她。胡露感到深深的不可思議和些許不習慣。她等了一個小時也沒見著葉傾城的身影，她想，或許那傢伙已經找到他哥哥，然後回到自己的世界去了吧。

突如其來的自由並沒有讓胡露感到多高興，她反倒有些失神地坐車回家，心想，那小鬼居然無禮到連個招呼也不打就離開了，好歹相處了一個月……

胡露推開門，被躺在玄關處的東西駭得倒抽一口冷氣。

「狗、狗……狗！」

一隻巨大的白色犬類躺在地上，呼吸急促地喘著。聽見胡露這聲驚呼，他似極度憤怒地睜開眼，惡狠狠道：「老子是狼！」說完又無力地垂下腦袋，頭上的耳朵憤怒地轉了轉，「葫蘆娃蠢斃了。」

「說、說話了！」胡露捂住心口連退三步。

白狼恨道：「我是葉傾城。」胡露凸著眼瞪他，他把前腿往臉上一搭，彷似無臉見人一般，「我傷風了……」

胡露沉默著瞪了他許久——

「噗！」

葉傾城發燒燒回了原形。胡露擰了條毛巾搭在他毛茸茸的腦門上，道：「你不是厲害的妖怪麼，也會生病？」

「生老病死乃天地大道，無物可倖免。」

「老天總是會懲治惡人的。」胡露惡劣地捏了捏他的耳朵，葉傾城十分不喜卻也沒法反抗，看著他任人宰割的模樣，胡露很是開心，「葉傾城啊葉傾城，你也有今天。」

「等我好了，妳會為玩弄了我付出代價。」葉傾城如是說，胡露卻學著他平日傲慢的樣子道：「那我現在就把你殺了好了。」

葉傾城吃癟，恨恨地閉上了眼。

這一睡便睡了整整兩天。

葉傾城再醒的時候總算是變回了人形，他迷迷糊糊間聽見胡露在窗邊壓低嗓音打電話，沙啞的聲音難掩疲憊。

「……要請兩天的假，對不起，真是不好意思。」

自己的侍女這麼低聲下氣地去求別人，真讓他不爽。

葉傾城眼睛腫成了一條縫，他很想說，大爺還沒弱到讓妳一個卑微的人類來救，但剛一張口便嗆咳出聲，那邊的胡露忙掛了電話，走到他身邊，「兩天了還燒得這麼厲害，又不敢帶你去醫院……」

胡露一邊說著，一邊摸著他的額頭，微涼的手心讓葉傾城一聲輕吟，又不由自主地蹭了蹭，胡露沒察覺到他的小動作，反而憂心道：「你要是燒死了還好，隨便挖坑就埋了，你要是燒傻了……我哪有錢養你一輩子。」

葉傾城聽得自己的牙齒咬得咯咯作響，他現在若能活動一根指頭，若能動一根指頭，他定要把這蠢葫蘆捏死！

房間裡沉默了許久，胡露給他換了張毛巾在頭上搭著，「葉傾城，你要是氣憤，就努力康復起來吧，這樣我就不敢欺負你了。」

這一聲，即便傲慢如葉傾城，也聽懂了她的擔心。

她的擔心……

心間情不自禁地一暖，葉傾城嘴脣動了動，艱難地說：「病好了……就收拾妳。」

「好。」

第五章

葉傾城的病終於有了起色，可還沒給他收拾人的機會，胡露便投入了忙碌的工作中。

這日大雨傾盆，胡露早早便去了公司，葉傾城裹著毯子坐在沙發上看電視，「泡麵有新口味了，晚上給我帶點回來。」

「你病才好，我晚上回來給你熬粥，好好看家。」她一邊穿鞋一邊交代，話音還沒落，人便出了門去。

葉傾城恨恨地揉了揉鼻子，「都說了老子不是狗。」

這天，葉傾城等到晚上八點，胡露也沒回來熬粥。

屋外電閃雷鳴，葉傾城心裡也宛若被雷劈了一般焦灼，莫名地焦灼。

他煩躁地撓了撓自己的耳朵，他告訴自己，那不過是個愚蠢的人類而已。但卻忍不住拿起傘跑到了樓下去。

他想去找又不敢走遠，只有跑到公車站去來回張望。

一輛輛公車在葉傾城眼前停下又開走，他的表情越發不安，甚至……無助。雷聲陣陣如同他心間不安的跳動。

這個世界他不懂的太多，唯一熟悉的只有葫蘆，纏著她、欺負她的同時，又何嘗不是在依賴她？

久尋不到，葉傾城有些慌張，他決定回家看一看，若胡露還沒回去，他便到公司去找。

哪想他剛跑到樓下，卻見胡露從一輛計程車上下來。

葉傾城心底一安，接著又燒起了一股邪火，他惡狠狠地瞪著胡露，疾步上前一把抓住了她的手，心裡的害怕惶然此時都化作了沖天怒火爆發出來：

「妳都死哪兒去了！都這麼晚了，又下這麼大的雨，妳不知道跟我知會一聲嗎！不知道我會擔……擔……」葉傾城咬牙，彆扭地說不出那個詞。火發到一半，把自己吼了個面紅耳赤。

胡露被葉傾城吼得呆住，她臉色有些不同尋常的蒼白，聲音也比往日弱幾分。

「擔心我？」她剛接過葉傾城的話，又被葉傾城快速打斷，「我會擔心妳？愚蠢到不可思議的人類！我……」葉傾城頓了頓，「我只是想吃泡麵了，愚蠢！新口味的泡麵呢？」

胡露上下打量了他一眼，看他滿身泥濘，知道這個彆扭的男人確實是著急地出門找她來了，胡露心間一暖，也好意地不戳破他，只挑眉道：「你就這麼愛吃泡麵？」

葉傾城扭過頭，長髮遮住了慢慢紅起來的耳朵，「對、對啊，愛吃。」

胡露嘆了口氣，轉身上樓，「傲嬌受。」

「什麼獸？都跟你說了老子是狼。」葉傾城跟在胡露身後，看著她微微垮下來的肩問：「今天妳都幹麼去了？」

胡露又是一聲深深嘆息，「今天……」她似想到了什麼，眸光陡然一亮，她猛地轉過身來，盯住葉傾城問：「你說，你來這裡是為了尋你哥哥對吧？你哥哥是一隻鬼對吧？在離我第一次看見你的地方很近對吧？」

葉傾城點頭。

胡露微微瞇起了眼，正色道：「葉傾城，今天我遇見鬼了，在公司裡。」

葉傾城一愣，臉上的神色也微微收斂起來，「明晚帶我去。」

第15篇

鬼兄（下）

第六章

陰暗樓道間，綠色的光照得人心慌。

胡露拽著葉傾城的衣袖，膽顫心驚地靠著他走著，行至樓道一個拐角處，胡露抖著嗓子道：「就是這個拐角……昨天有個白花花的人影，和我打了個照面，然後從我身體裡穿了過去。」她冒出了雞皮疙瘩，那樣的寒意似乎又纏繞上了她的心頭，「接著我怎麼也動不了，在這裡活活站了一個小時……」

葉傾城眉頭皺了皺，他一把包住胡露涼涼的手，道：「妳抖什麼，今天我不是在這裡麼。」

他說得那麼理所當然，胡露愣了一愣，嘛嘴道：「說得像你會保護我一樣。」

「不然呢，妳保護我嗎？」他的語氣刺得胡露嘴角一抽，直想罵人，但轉念一想，這傢伙還真的承認了自己會保護她，承認得那麼自然而然。

胡露臉頰一紅，頓時覺得被他抓住的那隻手奇異地灼熱起來。她想了想昨天葉傾城找到她時臉上的慌亂和脆弱，心裡熱呼呼地湧出一個問句，鯁在喉頭，她垂著頭，看著自己的腳尖，燒紅了耳朵，結結巴巴地道：「那個，其實昨天我就想問了……那個……你是、是不是喜、喜喜、喜……」

葉傾城皺眉，不耐煩道：「別笑，他出來了。」

胡露很想告訴葉傾城，她現在是想很嚴肅地確認彼此心意，而不是在嘻嘻傻笑。但當她一抬頭，陡然看見一抹鬼影從葉傾城身前飄蕩而過時，臉色一白，瞬間便哽咽了，「鬼鬼……葉傾城，我怕死。」

「沒出息。」葉傾城一聲嗤笑，左手將她好好護在身後，右手凝出一道金印，可還不等葉傾城有所動作，樓道裡陡然吹起一股詭異的風，混著銀鈴的聲音嚇得胡露直打哆嗦。

葉傾城微微瞇起眼，看著憑空出現的白衣女子。白衣女子淡淡掃了葉傾城與胡露一眼，示好地點了點頭，隨即手中捻出一道金繩倏地纏在鬼影身上，鬼影彷似被定住，慢慢顯出人形。

那是個極漂亮的男子，只是渾身的氣息陰冷得令人膽顫。看見他的面容，葉傾城欣喜道：「傾安大哥！隨我回去罷。其餘二魂七魄我已替你聚齊，唯剩主魂。你若回去，便可投胎，忘卻前塵，不再受永世飄零之苦。」

「投胎？」葉傾安散亂的目光慢慢凝聚在葉傾城臉上，他倏地大笑起來，其聲蒼涼，聽得胡露一陣莫名心酸，「我若想投胎，還用你來救？」

「大哥……」葉傾城欲言又止。

立在另一端的白衣女子忽然道：「今日你想投也得投，不想投也得投。」她聲音清冷，說的雖是強硬的言語，可神色卻極為淡漠。

葉傾城的脾氣被這女子刺了出來，他一聲冷哼，罵道：「哪來的閒雜人等，擾了我兄弟倆說話！」說著擼了袖子就要上去揍人，胡露忙拽住他一個勁兒地提醒道：「她看起來是來幫你的，幫你哥哥去投胎的。」

白衣女子對葉傾安道：「我名喚白鬼，能收人心中妖鬼，此次受故人所托，前來收你魂中執念，助你投胎。」葉傾安一聲冷笑，還未說話，又見白鬼拿出一支青玉髮簪，她道：「故人遺願，你若不成全，我便只有用強。」

「遺願？」葉傾安狠狠一愣，「她死了？」

白鬼默認，她緩步走到葉傾安身前，掏出袖中的筆，在葉傾安眉間一點，「你心中的鬼，我收走了。」

葉傾安兀自失神，白鬼看了眼葉傾城道：「若要將你兄長魂魄帶回去，便趁現在吧。」

「咦？」胡露一愣，只覺葉傾城驀地鬆開她的手，疾步向葉傾安走去，他手中凝聚起來的金光越來越耀眼，幾乎要掩蓋了他的身影，胡露心中陡然陷下去一塊，她急急向前追了兩步，伸手向前抓去，卻撲了個空。

她抬頭，眼中寫滿了驚慌和不知所措，「你現在就要走了麼？」

全心吟咒的葉傾城聽見胡露這聲喚，恍然記起似地轉過身來，「蠢葫蘆……」

胡露突然破口大罵，「你妹的！老子出門前給你煮了那麼大鍋粥，我一個人幾天才能喝完！」

葉傾城沒有如往日那般嫌棄她，而是深深蹙著眉頭。他的身影在金光中漸漸變淡，胡露憤怒的眉眼也逐漸軟了下來，她嘴角一撇，眼眶盛上透亮的淚，「葉傾城……」

她頭一次把他的名字喚得如此不捨婉轉。

好似不管不顧了一般，葉傾城驀地伸出手，穿過燦爛的金光，擺到胡露面前，「和我回去。我娶妳。」

胡露愣愣地看著他，忘了動作。

「快點！」

她凝望著葉傾城的眉眼，在淚光盈盈中倏地笑了出來，她捂住嘴，笑得越發開心，眼淚也落得越快，而腳步卻在往後退。一步兩步，離葉傾城越來越遠。

葉傾城眉頭緊鎖，胡露哽咽道：「對不起……對不起，我還沒有那麼喜歡你……」

她還沒有那麼喜歡他到不顧一切的地步，拋棄過去，不管父母，不顧親朋好友，她還沒有那麼痴戀葉傾城，所以她退卻了腳步。

「笨……葫蘆……」

葉傾城的聲音中帶著難以言說的溫柔，而後隨著金光的消失，他的一切盡數退出胡露的世界。

她捂著嘴，靠著牆，無力滑倒，在深夜空無一人的樓道中情不自禁地淚如雨下。

尾聲

一月之後。

胡露正在廚房煮泡麵，她哼著歌，似乎心情不錯。

忽然灶臺中的火焰詭異地一跳，胡露還在奇怪，忽聽一個熟悉的聲音嚷嚷道：

「笨葫蘆，快快，饞死大爺我了。」

她深吸一口氣，不敢置信地轉過身去，忽見餐桌邊坐的那個人可不就是葉傾城那個禍害麼！

「你……你怎麼怎麼回來了？」

「哼，我都說娶妳了，難不成要我當個鰥夫，要妳當個寡婦麼？」

胡露收拾了下自己震驚的表情，她抹了抹汗道：「不，你再多離開一會兒，我就打算找人嫁了的。」

「妳敢！妳這輩子都得伺候大爺。」

「你還是走吧，伺候你太累了……」

「哼，口是心非的女人。」他看了看胡露哭紅了的眼睛，心頭微微一暖，探手便將她拉進懷裡，「罷了，我就是太善良，勉勉強強允許妳和我平起平坐了。」

第16篇

鬼簪（上）

第一章

「哇！」

孩子的嚎哭響徹山野，驚起一處飛鳥。樹林凹地之中，一隻吊睛大虎張開血盆大口，飢餓地撲向面前身著華服的五歲孩童。

電光石火之間，一塊拳頭大的石頭砸在虎頭上，這個動作引起了老虎的注意，卻並未帶來威懾。老虎惡狠狠地瞪向凹地之上的人，是個極瘦弱的女子，一身白底青白的布裙，逆光之中，女子眼中映出的寒光格外懾人。

「滾。」

女子一聲輕喝，方才還氣勢洶洶的老虎，登時像被打蔫了一樣，嗚咽一聲，夾著尾巴跑了。

孩子被嚇壞了，仍不停地哭，女子走到他面前，蹲下身來，她默默地盯著孩子看了好一會兒，聽孩子的嗓音都快哭啞了，她才遲疑地將手放到他的頭上輕輕拍了拍，表情淡漠的她此時指尖竟有些莫名的顫抖：

「莫要難過，別哭了。」

這樣的安慰自然是沒用的，她想了一會兒，又從衣兜裡摸出幾塊肉乾來，「餓了嗎？」

孩子聞見肉香這才慢慢止住哭勢，水汪汪的眼睛愣愣地看著女子掌心的肉乾，認真地點頭道：「餓了。」

「吃吧。」小孩老實坐在地上吃起肉乾來，女子靜靜地看著他，眸色中輕柔的溫暖慢慢滲透出來，「你家在哪兒？怎會一人在此？」

小孩一邊嚼著肉乾，歪頭想了許久，軟軟嘟囔道：「賢王府。奶奶去上香，在山上的寺廟。我追蝴蝶，飛飛就出來了。」孩子說得語無倫次，但話也不難理解。女子微微一愣，目光落在他胸前戴的長命鎖上，賢王獨子。女子心裡暗暗苦笑，沒想到他今生竟投到了皇家。

「我送你回去。」小孩累了，使性子不肯走路，她將他看了一會兒，終是一聲嘆息蹲下身來。

「來，我背你。」

她救回了失蹤了兩天的小世子，賢王承諾許她一願望，女子道：「我名清墜，入京是為尋夫而來。如今在京城還沒有落腳處，賢王可願讓我在府中暫住一陣？」

十分合理的請求，賢王直接允了她。

清墜在賢王府住下之後小世子文景便常常來尋她，對她格外親熱。這小孩從未如此黏過人，王府中人都十分驚奇。而更令人訝異的是，三月之後，小世子在他父親的書桌上提了一首詩，賢王看後驚而又喜，忙拽著文景問是誰教他的。

小孩背著手學儒雅文人的模樣道：「是清墜教的，她還教了我許多東西，只是她說以後我會有別的夫子，到時候她就不會再教我了。父王，能不能就讓清墜做我的夫子，她教得極好。」

能提出這樣的詩，自然是極好。賢王捋了捋鬍子，點頭答應。

得到想要的回答，文景裝出的大人模樣立即破功，他狠狠抱了賢王一把，一邊笑一邊叫著跑了出去，「清墜！清墜！妳要做我的夫子了！」

賢王搖頭笑道：「這小子，討了夫子又不是娘子，美得！」

文景一路歡叫著跳到清墜住的桃苑之中，他一頭撲在清墜懷中，蹭了好一會兒才抬起頭來，目光晶亮地望著她。清墜彎著唇淺笑，「那你今日便算是拜我為師了，入我的門，得取一個法號。」

文景噘了噘嘴，不解道：「可那不是和尚才取的麼？」

清墜眨了眨眼，沉默一會兒道：「那咱們取的便是道號吧。」可那不是道士才取的麼……文景看了清墜一眼，燦爛地咯咯笑起來，「清墜說什麼就是什麼。」

清墜摸了摸他的腦袋，輕聲道：「叫葉傾安好不好？」她的嗓音微微壓低，隱約帶著不安，就像陽光背後藏著的陰暗一般，蟄伏在她心底，無法拔除，「以後我做你的師父，便喚你傾安，可好？」

文景什麼也不懂，他只是笑得燦爛地大聲答應：「好！」

第二章

春光正好，暖風徐來，拂落桃花頭上的豔紅，花瓣隨風輕舞，飄落在棋盤上，一顆白子將它輕輕壓住。女子淺笑道：「傾安，你輸了。」

她對面坐著的少年不過十五、六歲，他放下黑子，一聲長嘆，「清墜棋藝已近出神入化之境，誰能贏妳。」

清墜搖了搖頭，「有一人，我從未贏過他一次。」

「誰如此大的本事？」

清墜默了默，脣角輕輕彎了彎，「我夫君。」

握著茶杯的手微微一僵，葉傾安垂下眼眸，淡淡道：「自幼便聽說清墜是因為尋夫才入的京城，妳尋了多少年？這麼久了心中還在執著嗎？」

「尋了多久……我也忘了，很久之前他便不見了。至於執著……」清墜看了看院中紛落的桃花，輕聲道：「無關執著，只是因為他值得。」

清茶不小心抖出茶杯，葉傾安忙站起身，清墜也是一驚，下意識拿出繡帕要為他擦拭，葉傾安卻有些反常地往後退了兩步，他努力平靜著神色，佯裝鎮定道：「無礙，茶水不燙，我先回房換身衣裳。」言罷，轉身便走，腳步竟帶些許倉皇的意味。

當晚，葉傾安頭一次同意了方小侯爺的提議，去了傳說中的風月之地。

三杯黃酒下肚，整個世界都晃蕩起來，方小侯爺好心地把他送進一個房間，裡面的粉衣女子立即柔順地跟了上來，將他扶到床榻之上。他的世界不停地旋轉，只有一個女子清清淡淡而又不失溫柔的嗓音一直在耳邊迴響，「傾安，傾安。」這名字彷似有使人幸福的魔力一般，將女子稍顯淡漠的眉眼都喚得一片溫柔。

他感覺自己的衣衫被人緩緩褪下，眼前人彷似與腦海中的人重合，她喚著他的名，撫摸著他的胸膛，少年氣盛的他下腹狠狠灼熱起來。

清墜……

他的，師父……

猛然驚醒！葉傾安倏地掙開身下女子的雙手，坐起身來。

「公子？」柔若無骨的聲音在他身後響起，葉傾安緊緊閉上眼，不是清墜，誰都不行。灼燒得幾乎令人刺痛的下腹，讓他將心中隱匿已久的念想看了個清楚。

葉傾安暗自咬牙，就算明白她年長他許多，是他師父，就算明白她已嫁為他人婦，就算聽到無數人在議論她的容貌為何半點不變，懷疑她會妖法邪術。但是，他仍舊有了如此大逆不道的念想。

他拉好衣襟，徑直推門離開。

這一夜，他獨自坐在青樓屋頂看了整夜的星星。

第三章

翌日回府，一家人皆坐在大堂之中，包括清墜，她自顧自地喝著茶，像沒看見他一般。

「孩子大了，卻也還沒到納妾納妃的年紀，便先尋個通房丫頭吧。」賢王妃溫和地開口，賢王淡淡應了聲，隨即嚴厲地盯住葉傾安道：「日後，不許再去那種地方，你要什麼樣的人沒有！非得混跡風塵之地。」

葉傾安望了清墜一眼，見她仍舊不露聲色地飲茶，他垂下眼瞼，手握成拳。他想要的人，他想要的人偏偏是如何求也求不得的。

「孩兒……知道了。」

王妃將她身邊的大丫頭賜作了葉傾安的通房丫鬟。他們同房的第一晚，清墜在桃苑中喝得酩酊大醉。

「一生安，一世安。」清墜趴在院中石桌上，壺中的酒喝了一半灑了一半，她失神笑著，「你喜歡就好，這一輩子，我守著你，看著你……就好。」

「清墜？」恍惚之間似乎有人將她扶了起來，少年的嗓音帶著點責備，「怎麼喝這麼多？」

「多？好像是有點多，我已好久未曾喝過這麼多酒了。傾安……」她迷迷糊糊地伸手勾住少年的脖子，這一生柔軟的呼喚輕而易舉地讓葉傾安紅了耳根。

「我先帶妳回房。」

「不回。」她難得像撒嬌一樣在他肩上蹭了蹭，「花前月下，瓊漿美人，葉傾安，你親親我罷。」

葉傾安大駭，「清……清墜，妳喝醉了。」

「沒有，我清醒著呢。」她道：「清醒地看著歲月流轉，人世變幻，清醒地記著過去的點點滴滴，半點也未曾遺忘。傾安，你可知，我尋了你多久？」

葉傾安微微一愣，神色茫然。

「尋找得幾乎絕望。」清墜頓了頓，眼睛在他肩頭一擦，竟有絲溼潤滲入，「可絕望，也不能阻止我找你。原來思念這麼可怕……又可悲。」

葉傾安傻傻地愣住，默了許久才喑啞艱澀地問：「葉傾安是誰？」

清墜埋頭在他肩頭淺笑，「夫君，我夫君。」

春夜風涼，吹冷了他的髮梢指尖。原來她每一次呼喚他的名，想的竟是另一個人。那般溫柔，皆不是為他。

清墜醒的時候看見葉傾安神色沉凝地坐在自己床榻邊，她微微一愣，隨即笑道：「傾安，你大了，不該再如小時候這般隨興。」

「妳在叫誰？」看著清墜愣愣的神色，葉傾安沙啞著嗓音道：「葉傾安，妳喚這名字時，是在叫誰？」

清墜坐起身來定定地望著他，不驚不怒，只是在陳述事實一般，平靜道：「你，葉傾安，喚的是你。」

像是忍耐到了極限，他倏地站起身來，暴怒地扯下床幃邊掛著的珠簾，嘩啦啦的混亂聲響中混雜著他的怒喝，「胡說！」他像被侵犯了領地的老虎，惡狠狠地瞪著清墜，「妳思念他、尋找他，既然如此在意他，為何要止步於賢王府？我與他那般相似麼，自小便那般相似？呵呵……清墜，多麼諷刺，這麼多年在妳眼裡看見的，不是我也不是他，妳看見的只是自己，自私的想念！」

清墜臉色一白。沒給她開口的機會，葉傾安又道：「清墜，師父，妳今日便離開吧，離開賢王府。我不需您教了。」

「傾安……」

他厲聲打斷清墜的話，「我名喚文景，是賢王世子，此生從不識得葉傾安，也不再識得清墜。」

第17篇

鬼簪（中）

第四章

清墜離開賢王府三月後，賢王被人陷害，賢王府百餘十人皆被判以斬頭之刑，包括昔日賢王妃與賢王世子。

跪在刑臺上，葉傾安望著遙遙的天空，腦海裡竟是一片空白，沒有愛沒有恨，只餘對死亡的恐懼，恐懼到麻木。

監斬官一聲令下，他所熟悉的人頭便不停地滾落到地上，血淋淋地睜著恐懼的眼。他身旁一直溫柔堅強的母妃在這一刻終於失聲哭了出來，而下一瞬間，他便看見母親的頭掉落在地。

然後，輪到他了。

劊子手的刀滴下還熱呼的血液，從他的頸項順著滑入衣襟裡，溫熱的感覺讓他的記憶一下便回到很多年前，那個黃昏，他險些喪命在虎口之下，是那個眉眼稍顯清淡的女子將他救了下來。輕柔地摸著他的腦袋，安慰他說：「莫要難過，別哭了。」

她那時的面容如水溫軟，也如水滴石穿一般，在年年歲歲的回想中，刻在他骨子裡，留下了蝕骨的毒，剜不掉，拋不開，至死也不能忘懷。

或許人只有在最深的恐懼中，才會想到最依賴的人。葉傾安輕笑出聲，卻也在此刻落下淚來。

清墜、清墜……原來我竟有這麼喜歡妳。

「斬！」

劊子手掄起寒光大刀。

「誰敢！」忽然之間一顆石子猛然擊打在大刀之上，生生將八尺大漢手中的大刀震飛。女子的嗓音中帶著懾人心魄的寒意，迴響在在場所有人的耳中。

葉傾安倏地睜開眼，不敢置信地盯著刑場外緩步而來的女子。

她走得不徐不疾，每一步沉穩卻又帶著駭人的氣勢，殺氣十足。葉傾安從未見過這樣的清墜，卻又奇異地覺得，清墜確實也該有這般氣勢。

「何方妖女！竟企圖劫法場！來人呀，給我拿下！」監斬官怒不可遏的大喝換來了清墜幾聲嘲諷的冷笑。她笑聲一頓，神色微凝，離她如此遠的葉傾安也頓感極為沉重的壓迫，幾乎令人窒息。

「有這本事的大可過來。」

「妖……妖怪！」

靠近清墜的官兵慌張的往後退，她所到之地，無人敢近她身一丈，她便在數千士兵的矚目中，如若無人地走上刑臺，站在葉傾安身邊。劊子手早已不知跑去哪裡，清墜蹲下身，摸摸他亂成一團的頭髮，一如初見般，望著他，輕輕道：「不怕，我在。」

溫和，平靜而充滿力量。

小時候他不懂，現在才慢慢領悟，她這話中隱藏著的鎮定的力量，對他而言是多麼有力的支撐。

少年恐懼到麻木的心像解開封印一般，褪去了冰凍，漸漸流露出人應有的感情，害怕、絕望、想要活下去的求生慾，化成再也壓抑不住的淚水，傾瀉而出，在刑臺上，他失聲痛哭。

淚如雨下的模糊中，清墜又一次變成了葉傾安的依賴，唯一的依賴。

任他將情緒肆意發洩了一會兒，清墜站起身來，割下他一束青絲，隨風而揚，她對著監斬官高聲道：「賢王世子文景已死！」

她以髮代頭，自顧自地宣了判。監斬官氣得捂著胸口直喘粗氣。清墜不再理會他，俯身在葉傾安的耳邊，一邊割開套住他的繩索，一邊道：「從今往後，你便只做我的徒弟，只做葉傾安，可好？」

葉傾安漸漸控制住情緒，喑啞道：「我不是葉傾安。」

「你是。」

葉傾安默了許久，垂眸低聲道：「清墜，妳瘋了。」已將那人思念成狂，不辨真假，不辨是非。

她扶起葉傾安，淡淡道：「我一直很清醒。」

第五章

「朝堂江湖你是再不能待了，以後，便隨我隱居山林吧。我護著你。」

葉傾安猛地睜開眼，軒窗外月夜寂寥，蛐蛐唱得正歡。他捂著頭坐起身來，抹了一手的冷汗。

眨眼間離賢王府抄斬已過去了整整七年，可每次午夜夢回他仍會為那些場景而心悸。

「咳……咳咳！」

他聽見清墜的屋子裡傳來幾乎撕心裂肺的咳嗽，隱約還夾雜著嘔吐聲。

葉傾安一驚，忙披衣而起，推門出去。

自從七年前清墜隻身而來將他完好無損地帶出刑場，住到這昆吾山上後，她的身體便一直不好，時常會咳嗽，但從未咳得如此嚴重。

葉傾安微蹙著眉頭，立在清墜門外，他遲疑了一番才敲響了門。

「師父？」

七年間他再未喚過她的名字，彷似想藉這個稱謂來提醒她，也提醒自己，他們各自的身分。

房中默了一會兒，傳來女子微帶沙啞的聲音，「進來吧。」

他依言推開門，見清墜竟是披著衣裳坐在桌旁，她手裡握著茶杯，淡淡地看他，「怎麼了？」

十七年時間，歲月已將葉傾安拉拔成了茁壯的男子，卻從來沒在清墜的身上留下什麼痕跡，她就像傳說中的仙人，不老不死，固守著不再走動的時間。

葉傾安目光在她身上微微一流轉，便立即垂下了眼瞼，「我聽見妳咳得厲害。」

「無妨，不過是夜起喝茶，嗆到了。」她淡淡地道：「不用擔心，我沒事。回去睡吧。」

葉傾安聽她聲音只是比平時稍微沙啞了一點，好像真的只是喝水被嗆住了喉。他不再多問，點了點頭。掩住門的那一瞬，葉傾安垂下的眼卻掃見清墜拖到地上的衣襬上有一團暗沉的顏色，黑夜裡看不真切，但卻隱約能看出……

那是血。

他渾身一顫，猛地抬頭望向清墜。

她仍在若無其事地喝茶。葉傾安喉頭滾動的言語來回翻轉了幾次，終是嚥回了肚子裡。

門扉「喀噠」一聲被掩上。

清墜稍稍舒了口氣，脫下外衣，月色透進屋裡，她裡衣的衣襟有一大片暗紅，地上的血跡也格外醒目。喉頭翻湧的腥氣總算是被茶水壓了下去，清墜藉著月色打量自己已近烏青的指尖，脣邊慢慢溢出苦笑。

這個身體還能撐多久。能陪傾安，走完這一世麼……

翌日。

一大早清墜便站在院子裡，望著院門上掛著的銀鈴發呆，今日林間無風，那鈴鐺卻一直叮啷啷地響個不停。葉傾安心感奇怪，還沒開口問，清墜便道：「桂花樹下埋的桂花酒時日也差不多了，傾安，替我下山買些好菜來吧。今日，我有故人要來做客。」

她臉上的笑充滿了懷念和淺淺的哀傷，讓葉傾安的心不由自主地揪了起來，什麼樣的故人，能讓她如此想念……

「是，師父。」萬分好奇，千般介意在「師父」二字吐出之後皆化為靜默。他不能問，也不該問。

她是他師父，是救命恩人，僅此而已。

第六章

葉傾安下山後，清墜便坐在桂樹下石桌旁獨酌。飲了片刻，她忽聞聽一陣清脆的銀鈴響動。清墜給另一個杯子斟上酒，放在石桌的另一頭，「師姊，一別百餘年，妳可還安好？」

「我名喚白鬼，早就不是妳師姊了。」青色長靴在她面前站定，來者沒有接她手中的酒，反而冷聲道：「為何不入輪迴？」

「我執念太重，放不下。」

「妳愧疚？」白鬼輕聲問：「因為百年前妳與其他八個道士一起殺死葉傾安？」

清墜淺酌一口香氣馥郁的酒，沉默不語。

「清墜，當初葉傾安要開啟步天陣，欲得弒神之力，不是妳，也會有其他人殺了他。」白鬼道：「其餘八位道士，撕碎他的魂魄，讓他魂散異世，妳也以命為媒將他三魂七魄強行拉拽回來，唯剩一魂零落他世。我也承了妳一願，將那孤魂帶了回來，他既已再世為人，妳為何還放不下？」

清墜默了許久，嘆息道：「師姊，不是愧疚，我只是無法心安，看不見他好好的，我無法心安。」

聽她此言，白鬼也不再勸，微微有些嘆息，「妳那身體早被我一把火焚了，這身體又是如何來的？」

「費了一些功夫，用陶土捏了一個。」

白鬼一愣，搖頭道：「當真胡鬧！」當時清墜身死，只餘一縷孤魂漂浮於世，只憑魂魄捏造肉身，不用她說白鬼也知道那是件多麼困難的事。然而陶土始終是死物，沒有血肉作為靈魂的依附，她又能在這人世逗留多久？彼時魂飛魄散，便是徹徹底底地死了。

清墜垂眸望著自己烏青的指尖，笑了笑，「胡鬧便胡鬧吧，能換得這十餘年的開心，足矣。」她望著白鬼淡漠無波的眼眸道：「我時常在想，百年前，我若順了天命，轉世投胎，沒有這一世的記憶，自然便不會再對葉傾安執迷不悟，被迫放手或許也挺好。但是，若下一世清墜的記憶中不再有葉傾安的存在，我與他擦肩亦是陌路，只如此想一想，我也覺得難受。而且，他已經忘了我，若我也忘了他，這世間還有誰記得清墜曾那般愛過葉傾安。我捨不得，也捨不下。」

「師姊，這樣的心情，妳應當比誰都明白。」

白鬼默默地垂下眼瞼，她從衣袖中拿出一支青玉簪，聲色冷漠如初，「今日我來，是為還妳此物。我在異世尋到葉傾安那縷魂魄時，他也不肯入輪迴。這東西，他沒拿走。」

這枚簪子是以前葉傾安送她的，以心血凝成，通體碧綠，過白鬼手中的青玉簪，微微紅了眼眶。她強自忍住，壓著喉頭哽咽，沙啞道：「師姊，我知妳現今已非常人，妳且告訴我，我離魂散之日，還有多久？」

「多則一月，少則十日。」

「啪。」一聲物體落地的鈍響，清墜轉過頭，恰好看見葉傾安呆呆地愣在院門口，他震驚地瞪大了眼，不敢置信地望著她。

滿目驚惶。

第七章

那日白鬼走後葉傾安便愈發少言了，他常常會看著清墜失神，每夜都睡不深沉，但凡聽見清墜屋裡傳來咳嗽的聲音他便再難入眠，清墜咳了一宿，他便在屋中睜著眼呆了一宿。

直至一日，清墜從深夜一直壓抑著嗓音咳到天翻魚肚白，什麼師父什麼恩人，在一夜的煎熬中早被葉傾安踩爛在腳下，他莽撞地推開清墜的房門，看見她坐在梳妝檯前，從銅鏡裡望他，「傾安，今日我得下山去一趟。」

他拳頭緊了又鬆，鬆了又緊，終是啞聲問了出來，「妳是不是有哪裡不舒服？」

「我很好，只是盒裡的胭脂沒了。」

「妳是不是有哪裡不舒服！」他已許久沒發過這麼大的火，狠狠地瞪著清墜，「妳若是病了，我陪妳去看病；妳若是要吃藥，我便給妳熬。妳哪裡不好，妳說出來我才能幫妳……」

清墜終於肯回過頭來看他，不施粉末的臉蒼白無處藏匿。她拿著梳妝檯上的青玉簪，慢慢走向葉傾安。她站在他面前，替他理了理衣襟，又細細打量著他的面容，「傾安，你不知道，現在這樣對我來說，便是極好。」

如此近的距離讓葉傾安將她的憔悴看得更加明白，心頭鈍痛之後又是勒緊心脈的絲絲憤怒，「我不知道，因為，妳從來都不告訴我。」

清墜淺淺笑了，她將青玉簪慢慢插到葉傾安髮髻上，「眨眼間你都二十多了，我卻連冠禮也忘了給你辦。傾安可曾怨過我？」

他不答。清墜將簪子給他戴好又道：「你想知道什麼，等我下山買了胭脂就回來與你說，可好？」

葉傾安眼眸一亮，清墜望著他的黑眸瞇起了眼，她身子微微往前一傾，竟是貼上了他的胸膛，她雙手環過他的腰，將他緊緊抱住。葉傾安渾身一僵，對清墜這樣的親暱，手足無措到無法抵抗。

她的臉頰輕柔地在他胸膛蹭了蹭，「傾安，你都不知道我有多依賴你。」

葉傾安一愣，心中苦澀，清墜依賴的是她的丈夫葉傾安，而她抱著的這個葉傾安只有可恥地依賴著她。

「我下山去了，你要好好等我回來，一定要等我回來啊！」

清墜揮了揮手，告別了葉傾安。一轉過臉，她的眼眶便紅了起來。葉傾安不知道，那青玉簪是他前生心血凝成，含有莫大法力，能助他尋回前世的記憶與力量。彼時，他將變回做為血狼王的葉傾安，被清墜殺死的葉傾安……

清墜不敢面對恢復記憶的葉傾安，她怕在他眼裡看見怨恨與憎惡。

百果歌

第18篇

鬼簪（下）

第八章

紅線套著胭脂盒拎在手中，清墜從清早一直磨蹭到晌午，才慢慢走回山中小院。

推開院門，院子裡靜得嚇人，清墜敏銳地察覺到一股熟悉的氣息。

她苦笑，血狼王的妖力已復甦，嚇跑了四周的動物……葉傾安總算是憶起了前世。

她轉過頭，見葉傾安負手站在桂花樹旁，他閉著眼，彷似已神遊天外。

「傾安。」她彎起嘴角用力微笑，「我回來了。」

聞言，葉傾安睜開眼，定定望向清墜，那雙眼瞳再不復往日的黝黑清澈，變得一汪血似的紅，豔得照人。

「清墜？師父？妳想讓我如何喚妳？」

他言語平靜，清墜卻能聽出他在生氣，沖天怒火。她垂下眼，暗自苦笑。

「十數年相伴，當真令人感動。」葉傾安冷笑著慢慢走到清墜身前，「可是師父，妳難道忘了上一世，妳曾那般決絕地對我舉起了三尺青鋒劍。」他牽起清墜的手，放在自己的心口處，「在這裡，一劍透心。」

清墜指尖不由顫抖起來。

「殺了我，妳可活得心安？」

清墜按捺下喉頭翻湧的腥氣，啞著嗓子道：「傾安，若再給我一次選擇，我仍舊會再對你動手。因為要啟動步天陣，獲取弒神之力的葉傾安會危害蒼生……我……不論我對你是何感情，錯的便是錯的。」

「哈哈哈！」他一把甩開了清墜的手，仰天而笑，聲色蒼涼，「好！好一個心繫天下的大善人！清墜，若我告訴妳，開啟步天陣的鑰匙便是我送妳的青玉簪，妳又要如何？」

清墜一愣。

「我已將所有交付與妳！」他恨得咬牙切齒，「清墜，是妳不肯信我。」言罷，他不再看清墜一眼，廣袖一扶，大風忽起，葉傾安的身影眨眼便消失了。

胭脂盒摔在地上，灑了一地嫣紅，清墜恍然回神一般，蹲下身子，她摸著盒子失了好一會兒神，最後無力地摔坐在地上。葉傾安再也不會回來了，她抹胭脂給誰看呢，她還害怕誰來擔心呢，她還能為誰強顏歡笑……

烏青的指尖顫抖著，她輕輕捂住臉，淚水卻從指縫中不可抑制地滲了出來。

無聲而蒼涼。

唯一慶幸，她的魂飛魄散，只有她自己會害怕、會哀傷。

第九章

清墜獨自在山中小院中住了幾日，這些天以來，她皆是在半夢半醒間度過，夢中全是過去的畫面，她或是夢見小時候的葉傾安牽著她的手，軟軟地喚她：「清墜，清墜，我真喜歡妳。」或是夢見上一世的葉傾安與她一起在山峰上看狂舞的雪花，許了相守的誓言。

而更多的，卻是夢見她親手將劍刃沒入他身體的畫面，他滿目驚痛，一會兒哀傷、一會兒憤怒地說：「清墜！是妳不肯信我。」

遊夢驚醒，總是嚇得她一頭的冷汗。

恍恍惚惚地不知過了多少日夜，有一日她的精神忽然好了一些，能下床走動，還取出了桂花樹下的桂花酒。這兩日樹上的桂花都開了，她聞著開心，輕言喚道：「傾安，摘些桂花下來吧，今年，咱們再釀些酒……」

話語一出，才恍然驚覺，這山中小院再也不會出現葉傾安的身影了。她一聲嘆息，卻又笑了出來，「罷了罷了，自己摘便自己摘罷。也就最後一次了。」

可還不等她搬來椅子，小院門口掛的銀鈴便叮鈴鈴響起來。

清墜眉頭一皺，轉過身去，八位青袍道士不知何時竟已走入院子中，他們皆是白髮蒼蒼的老者，每人身上渾厚的仙氣壓得清墜有些胸悶，她微微一愣，笑道：「八位道友百年不見，今日如何想起來與我敘舊？」

這八人，正是百年之前與清墜一同誅殺葉傾安的那幾個道士，他們雖都是修仙而有所大成的人，但是百年的時間也足以讓他們的身形佝僂，鶴髮雞皮。

「休要多言！」一青衣老道厲聲道：「葉傾安在何處！」

「你們來遲了，他已經離開了許久。」

一個道士氣得渾身發抖，顫聲道：「清墜姑娘，枉我們如此信任於妳，百年前你妳放過葉傾安的魂魄也就罷了，怎可再令他想起前世，妳可知現今他又開啟了步天陣，欲再得弒神之力！這是為害蒼生之禍，妳怎可如此不識大體！」

清墜垂下眼眸，「對不住。」

「哼！休要再與她多言，若不是百年之前她強行拉回葉傾安的魂魄，血狼王如今又怎會轉世投胎，天下豈有如此禍事！這妖女不死不活地殘喘了百餘年，今日，老道便替天行道，先除了妳，再去除了那葉傾安那禍害！」

言罷，老道身形瞬間轉到清墜面前，手中結了一道金印，狠狠打在清墜的心口。

清墜不擋也不躲，生生接下了這一招。

她聽得「喀啦」一聲，是一道傷痕，自胸腔一直裂到肩頭，她的身體像陶器一樣裂開了個堅硬的口子。

回憶起百年前她那般艱辛地一點一點凝聚了陶土，捏好這個身體，清墜心頭只有嘆息，這一生一命，總算是走到盡頭了麼……

清墜眼前有些昏花，連老道的臉都看不清楚了，忽然之間，她只覺有一股溫熱的氣息覆在她的肩頭上，將她破開的身體輕輕扶住。

「敢欺負清墜，膽子不小！」

低沉的男聲在她身後響起，緊接著她被帶入一個溫熱而寬厚的胸膛之中，「葉傾安在此，你們要找我麻煩，大膽來便是。」

葉傾安……

葉傾安仍舊放不下清墜，仍舊擔憂她的安危，顧忌她的性命……多笨……

尾聲

見葉傾安現身，八位老道如臨大敵般沉下了神色。

兩方僵持了一會兒，其中一名青衣老道終是忍不住道：「葉傾安，你若現在關閉步天陣，封印弒神之力，尚為時不晚，我等，必不再為難於你。」

「呵，笑話！」葉傾安冷冷一笑，「步天陣我已開啟，弒神之力也已用了，你們又待如何？」

八名道士皆是一驚，有人立即掐指算起來，探查四方有哪方出了血光之災。而越是探，他們的表情越是迷惑。最終，卻是傷了清墜的那名老道驚道：「你用弒神之力為她續命！」

眾人這才將目光移到清墜身上，卻見她肩上的傷口竟已慢慢癒合，而面色也褪去蒼白，逐漸紅潤起來。

葉傾安冷眼盯著他們。有人搖頭氣道：「逆天改命，終不得善果。」

「與你何干！」

「罷了罷了，清墜活一日便一日離不得這步天陣，既然弒神之力未用作他途，我們且走吧。」

「我可有說過要讓你們離開？」

葉傾安眸中血色一厲，殺氣登時四溢開來，八名道士胸悶耳鳴，一時竟邁不開腳步。

葉傾安今日竟是起了殺心，欲讓他們幾人埋骨於此。

衣角被人牽住，葉傾安稍稍側過臉，卻見清墜盯著他慢慢搖頭，「你殺了他們，卻讓我活著，傾安，你是在懲罰我麼？」

殺氣微微一頓，葉傾安握緊拳頭，像是好不容易將怒氣隱忍下來，他厲聲喝道：「滾！」

殺氣橫掃而過，將四周樹木皆掃得一矮，八名道士在塵埃落定之後，皆不見了蹤影。

小院中再次清淨下來，清墜倚在葉傾安胸口不願離開，她輕聲問：「我道你氣極而去，是再也不肯回來的了。」

葉傾安一聲冷哼，默了默有些惱怒道：「我是不肯再來的，可誰叫妳是清墜。我不過是氣妳不肯信我，卻沒想過要妳死。」

葉傾安頓了頓，有些不習慣地解釋道：「妳的命唯有弒神之力能救，我離開，是去啟動步天陣。」

清墜輕輕環住他的腰，道：「當初，我並沒那般絕情的，我拉回了你的魂魄，還將青玉簪子交給了故人，央她到異世去尋你，你應當見到過她的。傾安，我一直在等你回來，我一直無法心安……」

清墜鮮少與他說這樣的話，兩句解釋便將他心哄得軟了下來。

罷了，不過都是些前塵舊事……

「傾安，咱們再做點桂花釀吧，你幫我摘些桂花，可好？」

「……好。」

第19篇

鬼嬰（上）

楔子

魔觴昊，擅闖九十九重天，殺三萬天兵，摧倒天機閣，焚毀凌霄殿，以下犯上，罪大惡極，處錐心之刑，囚禁於舍利塔之中，以清魔心。

一紙天命將他打入幽黑的佛塔之中。觴昊還記得金鏈穿過他的琵琶骨時，那一直高高在上的佛，仍舊帶著令人噁心的微笑。大佛拿出了一盞燈，道：「觴昊，此乃長明燈，點的是不熄之火，若有一日，此燈熄滅，便是天意到了。彼時你便可自這塔中出來。」

觴昊不以為然道：「不熄之火如何會滅，你這老禿驢坑起魔來半點顏色也不改。」

大佛不多言，微微一笑便隱了身影。

第一章

有個奇怪的聲音在空寂的塔中響起，觴昊微微睜開眼，先瞅了瞅那盞一直散發著微弱光亮的燈，見它的火焰未熄，這才轉了目光看了看自己腳下的這團發出聲音的……肉。

他挑了挑眉，見那肉球慢慢坐直身子，一張圓圓的臉上兩個黑曜石般的眼水汪汪地望著他。

「娘！」

肉球軟糯而清晰地喚出這個字，聲音在舍利塔中來回晃蕩好一會兒，聽得觴昊微妙地瞇起了眼，「小鬼，想死麼？」

「娘！」小肉球又笑咪咪地喚出這一聲來，然後自顧自地樂得滿地打滾。

若是往常，這肉球只怕早已變得血肉模糊，奈何觴昊如今四肢被分開套住，一分力也使不出來，唯有按捺下心性，看著莫名其妙樂起來的肉球滾來滾去。

她滾得盡興了，又抬頭巴巴地望著鴟昊，彷似在奇怪他怎麼不來抱她。她四處張望了一會兒，又爬到舍利塔牆角，順著綁住鴟昊右腳的那根粗鐵鍊歪歪斜斜往上爬。這小傢伙出人意料地有勁兒，沒一會兒就抱住了鴟昊的膝蓋，又是一聲脆生生的「娘」喚了出來。

鴟昊嘴角抽了抽，頭一次，有這麼個不怕死的傢伙敢在他身上蹭過去、蹭過來地撒野。他咬牙強忍著怒火，肉球卻得寸進尺地拽著他的腰帶，蹬鼻子上臉，騎到了他肩上。

「肉球，膽子不小。」

像要印證他的話一般，小孩開始玩起了他的頭髮，拉扯拔拽玩得不亦樂乎。

橫掃天界的大魔頭便被一個小肉球給欺負了去。

小孩玩了一陣又累了，腦袋偏在他的臉頰旁，貼著他青筋跳動的額角靜靜睡去。柔軟的臉蹭在他輪廓冷硬的臉上，肉嘟嘟的嘴似有似無地親了親他的臉頰，溫熱的感覺讓鴟昊極怒的火氣驀地折了一截。

「娘……親親。」

罷了，不過是個小屁孩……他安慰自己的話還未說完，忽覺一股溼淋淋的液體，順著他的肩頭，溫暖地往下滑去，滴滴答答溼了他半邊身子。

竟、竟是她騎在他肩頭上……尿了！

觴昊雙手緊握成拳，咬牙切齒道：「若叫我知道妳是哪個仙君家的孩子，若讓我有朝一日能從這破塔裡出去，我必定用馬尿淹了他府邸！」

小孩睡得正香，口水也跟著啪嗒啪嗒地往觴昊臉上糊，「親親。」

觴昊恨恨地扭過頭，待他氣稍微消了一點後才想到，這舍利塔是大佛下的禁制，即便玉帝也不一定能進得來，這小傢伙到底……觴昊的目光落在了大佛留下的那盞長明燈之上。他靜下心，細細探查著小孩與燈的氣息。

不一會兒，他倏地仰天大笑起來，「天助我也！竟令此燈生了燈靈。」

長明燈不滅，燈靈卻會死，若這傢伙死了，他便能重得自由，彼時他毀了這舍利塔，天下便再無何物能囚住他了。

只是他要如何才能將這小傢伙殺了？他法力被封，舍利塔中更無人助他，難不成他要對這肉球說：「妳去死，好不好？」

第二章

鴝昊思來想去不得其法，時間卻一天一天地將肉球拉拔長大，她從圓滾滾的一團肉吸收塔中靈氣漸漸出落成了十六、七歲的少女模樣，兩人在塔中不知不覺已經相伴了整整三百年。

鴝昊日日盼著她死，卻又眼睜睜地看著她成長，她初時一直喚他為「娘」，後來又喚他為「爹」。但是當鴝昊惡狠狠的告訴她：「老子和妳什麼關係都沒有。」之後，肉球很是失落了一些時候，才問：

「那你叫什麼名字？」

「鴝昊。」

「那我叫什麼名字？」

鴝昊瞅著她圓圓的臉看了一會兒，「妳是消遣。」

「小淺？」她紅撲撲的臉上堆起了笑，「我喜歡這個名字，鴝昊的名字也很好聽。」

這個小傢伙無比地吵鬧，三百年時間，她從他極少的言語當中學會了說話，她總有無數的問題來問他，心情好時他便會答兩句，心情不好時就閉著眼裝聾。

這幾日恰逢觴昊心情極壞，小淺問他什麼，都不答應。

小淺嘟囔道：「你老是不理我，小淺也是有脾氣的，我也不理你了，我走了。」

觴昊一聲冷笑，「妳走便是。」舍利塔有大佛封印，若是有那麼容易出去，他……他一睜眼，恰好瞅見小淺的身影輕輕鬆鬆穿過了那扇緊閉的塔門，走了出去。他微妙地瞇起了眼，咒罵道：「大佛，什麼眾生平等，你讓狗吃了吧。」

小淺這一走，許久都不見身影，舍利塔中寂靜得讓觴昊有些不習慣。

他忽然想，要是那個聒譟的小屁孩永遠都不回來了，那他豈不是永遠都只能被這樣囚禁著？不過，就算她回來了他也只能被囚著……她去外面沒准還能出點意外死了，或是被誰殺了。

算來，讓小淺走，似乎對他更有利一些。

可是，心底這莫名其妙的失落是怎麼回事？就像自己餵的豬，讓別人給牽去吃了一般。

觴昊煩躁地閉上了眼，罷了罷了，他被困在這裡也只能聽天由命。

觴昊被嚶嚶的哭聲吵醒，他一睜眼便瞅見小淺坐在地上，抱著膝蓋痛哭。

仔細一看，發現她手臂上竟還有被打的痕跡，觴昊微微眯起眼，冷冷道：「挨誰揍了？」

小淺哭得鼻涕眼淚糊了一臉，含混道：「被……被狗咬了，三隻眼神君府上的狗，凶凶……」

觴昊心裡不舒坦了，心想：這丫頭欺負了我這麼多年，我都還沒揍她呢，你們居然敢動手了。這打還沒打死，半死不活地跑回來哭得真鬧心。

「外面的人好醜，長毛，滿臉褶子，都沒你好看。」小淺一邊哭一邊抱怨，觴昊聽了這話，脣角悄悄勾起了一個弧度，小淺又道：「受傷好痛，觴昊，你背上那兩條金鏈扎得你痛不痛？你痛不痛？」她嚎得淒涼，就像被穿了琵琶骨的是她一般。

觴昊為她這話愣了好一會兒神，他天生魔體，不死不滅，人人對他皆是畏懼，哪還會有人來在乎他痛不痛，只怕是求他痛死了，才能還這世間一個清靜。

「我沒受過傷，不知道流血會讓人這麼難受，聽說藥可以讓傷口好得快一點，小淺去幫你拿藥好不好？」

自己挨了揍，回頭卻想到別人身上的傷，觴昊剛想恥笑她兩句，他這金鏈鎖身，鏈不去，傷不好，塗什麼藥也是白搭。但他轉念一想，心頭忽然閃過一計，一個讓他可以離開舍利塔的方法。

「有人幫我去拿藥自是極好。」鶻昊道：「只是那藥卻不是那麼容易拿到的。」

小淺立馬抹乾淚，站起身道：「你說，我去拿！」

見她如此堅定，鶻昊挑起了眉，「何以為我擺出這麼一副拚命的樣子？」明明，他對她半點也不好。

小淺呆了呆，「你是我最親的人，不然我還能為了誰拚命？我挨狗咬了之後，看熱鬧的小童子都擺手說回家，那時我就想到你了，你一直在這裡陪著我，你就是我的家。我自然要對你好。」

鶻昊盯著她好半晌也沒說話。

「鶻昊，藥在哪兒？我去取。」

「在天宮……」他說了開頭便頓住，頭一次覺得自己是不是有點卑劣。適時，身後的金鏈忽然開始絞動，每到月圓之時，穿透他琵琶骨的鏈條便會轉動起來，天界意圖用鑽心的痛，讓他銘記他現在只是個天界的犯人。觴昊忍過第一波疼痛，不管身後的金鏈如何絞動，他只面色如常道：「在天宮最東邊的地方，有一處高臺，高臺之下燃著烈火，能治我身上傷口的寶藥便在那烈火之中。」

小淺點頭記下，她琢磨了一會兒又道：「可是，我要是被火燒死了，怎麼辦？」

「妳且過來取我身上一滴血飲下。從此以後妳與我心意相通，妳走到哪兒都能聽見我的聲音。另外，我的血能使那火無法燒傷妳。」小淺老實點頭，取了他一滴血嚥下，「那我現在便去。」

觴昊默了一會兒道：「現在外面約莫已經天黑，妳還是緩些時候再出去吧。」

小淺不疑有他，乖乖坐下來望著他道：「觴昊，你是為什麼會被關在這裡呢？」

「殺了人，推倒了幾座房子。被一個滿頭長包的老騙子給關了進來。」

「那老騙子一定很厲害。」小淺若有所思地點頭，「那你當初為什麼要殺人，推倒別人的房子呢？」觴昊愣了許久，愣是沒給當初自己那些作為想出個理所當然的原因來，他隔了好半晌才答道：「因為……無聊。」

小淺也不覺得這個理由有哪裡不對，她又繼續問道：「那你要在這裡被關多久？一直關下去嗎？」

「看妳身邊那盞燈，火熄了我便能出去。」

小淺盯著那燈看了一會兒，覺得她也研究不出個時日來，便又轉了話題道：「那你知道我是怎麼到這裡來的嗎？」

觴昊垂了眼眸不答話。小淺氣呼呼地嘟囔：「又不搭理我，我也不搭理你了。」

要如何搭理？觴昊想，告訴妳，妳死了我才能活著出去麼？觴昊突然之間，竟有些怨恨當初作了那些無聊舉動的自己來。若沒有被關在這裡……現在又何至於如此糾結。

第20篇

鬼嬰（中）

第四章

小淺又離開了舍利塔，鴅昊想，她大概不會再回來了。

舍利塔中的死寂恍然讓他憶起很久之前，那個爬在他身上撒野的小屁孩。他生來便煞氣纏身，從未有人敢在他面前如此放肆。以後……或許也不會有了。

一時間，他竟有種通過靈犀術將她喚回來的衝動。

「鴅昊！」他正想著，忽聽小淺的聲音在腦海中響起來，她帶著哭腔，「又是三眼神君的那隻狗……牠又要咬我！」

鴅昊面色一寒，想到小淺手上的傷，冷聲道：「把牠的腿給折了。」

「折……怎麼折……」小淺的聲音抖得厲害。鴅昊倒忘了，這個傢伙極為蠢笨，靈力半點沒有，法術一個不會。除了被欺負，她還真就沒別的本事了。他嘆氣道：「妳照我說的做。」

「好。」

待小淺按照他說的做完之後，沒一會兒觴昊便不出所料地看見她慌慌張張地跑回了舍利塔。

她一邊喘一邊說：「我那麼一拍，你說的，那麼一拍，狗腿就讓我給拍斷了，全斷了！三眼神君要抓我，他好凶……我不敢出去了。」

「早便聽聞那三隻眼愛狗成痴，妳打斷他的狗腿，他自是不會放過妳，往後兩、三百年的時間，妳還是莫要出這舍利塔的好。」觴昊語帶打趣，卻急壞了小淺。

「那你的傷怎麼辦？」

「看著辦。」他說得事不關己，心底卻莫名地暗舒一口氣。

小淺好一會兒沒有吭聲，觴昊細細打量了她一陣，嘆息道：「妳哭什麼？」

「我……沒用。說好了給你取藥，結果卻弄成現在這個樣子，你以前痛，我不知道便罷了，可是現在知道你痛，你一直痛，我卻什麼也作不了，我難受。」

觴昊心底莫名一暖，更多的卻是不解，「又沒傷在妳身上。」

「我就是難受，我想看見你開開心心的，能和我一起自由活動。」

觴昊默了許久道：「這都是我應當還給天界的。」他頓了頓，語氣中帶了些許不明的以為，「什麼都不知道的蠢丫頭。妳要是聰明點……」妳要是聰明點該多好。別這樣心甘情願地被我利用啊！我會……愧疚。

觴昊威脅小淺說三隻眼神君在門口等著她落網，不許她出去。小淺老實信了他的話，半步也未曾踏出舍利塔。

兩人如往常一般在塔中日日相伴，不同的是，觴昊會主動開口與小淺說話，講講他的過去，講下界的春夏秋冬和魔界的奇異妖魔，偶爾還會看著小淺胖嘟嘟的臉情不自禁地微笑。他甚至開始覺得，這樣平和的日子也沒什麼不好。只除了……

月圓之夜的鑽骨之刑。這一晚的金鏈彷似動得比以往更厲害一些。觴昊閉上眼靜靜地忍耐著，但是那痛彷似附骨之蛆要鑽入了他的骨髓中一般。他恍然記起，這好似已經是他被關入舍利塔的第五百個年頭，亦是天地清氣最盛的時候，對於天魔之身的他來說，這本就是極為難熬的一夜。

他疼得蒼白了臉，汗如雨下。連耳邊小淺的聲音都聽不大清楚了。

他只記得她很慌張，像一隻兔子，紅著眼，手腳無措，如同天塌了一樣慌張。

「觴昊，你忍忍，你忍忍，小淺去給你找藥，小淺一定把藥找來給你！」

不許去……他緊咬的牙關卻一個字也吐不出來。

第五章

小淺急匆匆地跑出了舍利塔，一路往天宮東邊奔去，適時天上月亮大圓，照得整個天界一片紫氣盎然，小淺跑到岔路口的時候犯了難，正巧看見一位粉衣仙子自遠處而來，她急忙跑上去，拽住別人的衣襟道：「仙姑仙姑！我問路，那個那個……」

仙子好脾氣地笑道：「我叫葉子，妳莫急，有什麼慢慢說。」

「我想問，天宮最東邊的那個高臺怎麼走？那個下面一直燃著火的高臺。」

「妳說的是誅仙臺？走這邊。」葉子給她指了路，又奇怪地看著她，「大半夜的，妳去那駭人的地方作甚？」

「誅仙臺？」小淺微微一愣，「可是，我要下去找寶藥，我最喜歡的人病了，他很難受，那下面有寶藥可以救他的。」

「妳在說笑吧？誅仙臺下萬物寂滅，哪有什麼寶藥。」小淺的手一鬆，有點呆愣。葉子拍了拍她的肩道：「這麼晚了，快回自己宮歇息去吧。妳是哪個仙君屋裡的小燈靈，可要我送妳一程？」

「妳說什麼……燈靈？」小淺愣住，「我是燈靈？我是……燈靈。」

許多事在這一瞬間似乎都串聯了起來，觴昊不願吐露的她的來歷，長明燈，還有誅仙臺下的「寶藥」。小淺並不傻，若到現在她都還想不通其中關鍵，也實在是太浪費這副仙人的模樣了。

只是，她不願相信這是真的，她最喜歡的觴昊，竟然是這世上最想讓她死的人。

「小燈靈，妳住哪兒？」葉子的聲音在小淺耳邊漸漸飄遠，她失神地踉蹌了兩步，在葉子尚未反應過來之時拔腿便跑，仍是往東邊而去。

時至清晨，金鏈的絞動總算慢慢歇息下來，觴昊的神智漸漸清晰，他舉目四望，不見小淺的身影，心頭登時閃過一抹不安，帶著些許慌亂的意味，他立即用靈犀術喚了小淺幾聲。

隔了許久，那邊才傳來小淺輕輕的應答。觴昊登時便怒了，「妳在哪兒？」

「觴昊……」她的聲音有點茫然，隱約還帶著點哭腔，「你被關在那裡多久了？那兩條金鏈一定讓你很痛吧。我……」

聽見她哭，觴昊眉頭緊緊皺了起來，語氣不善道：「我痛不痛與妳何干，快給我回來。」

「觴昊，小淺心疼你。我知道放你出塔的方法了。」

「妳在哪兒？」觴昊的聲音微微低啞下來，心頭的不安讓他握緊了拳頭。

「誅仙臺。」

觴昊默了許久，既然小淺能說出「誅仙臺」三字，便是一定知道了其間因果，他一聲嘆息，閉上了眼，「妳……」

妳回來吧。

這話尚未說出口，小淺便道：「觴昊，根本沒有寶藥，沒有避火的法術，你只是，你只是想誆我跳下誅仙臺，讓我灰飛煙滅而已。」小淺從來不是個堅強的靈物，說完這話她便哭了出來，「觴昊，你不喜歡我，你想殺了我。」她聲音哽咽，想來已經哭花了臉。

觴昊蹙眉道：「妳自己在那裡胡言亂語些什麼！」

小淺打斷他的話，大聲道：「可是我喜歡你！我最喜歡的就是你！你好好和我說，我不會不幹的……」

聽出她言語中的決絕之意，觴昊氣紅了眼，「小淺！妳膽敢自作主張……」

「觴昊，我不會牽絆你的。」

言罷，靈犀之術陡然斷裂。觴昊心中驀地一空，他轉眼看向地上的那盞長明燈，不熄之火猛地往上一竄，而後化作一股青煙，燈……滅了。

禁錮他數百年的舍利塔開始慢慢顫動起來，穿透他琵琶骨的金鏈和鎖住他四肢的鐵鍊逐一脫落，世界本應當極致的喧鬧，可在他耳邊只有寂靜一片。他死死地盯住那已熄滅的燈，耳邊彷似聽到小淺軟軟地說：「你一直在這裡陪著我，你就是我的家。」

蠢丫頭……

明明，是妳一直在這裡陪著我。

天魔之體令傷口癒合得奇快，沒了束縛和舍利塔的封印，通天神力盡數恢復，他緩步走到長明燈前，輕輕將它放入懷中。

觴昊眸光一凝，佛塔舍利，瞬間分崩離析。

第21篇

鬼嬰（下）

第六章

天魔觴昊破塔而出，天宮之上一片驚惶，在眾神尚未作好迎擊的準備之時，那抹黑色的身影卻自己跳下誅仙臺。幸福來得太突然，讓眾神皆是茫然，關了這麼多年，觴昊終於出了塔，卻是想死極了？

誅仙臺下萬物死寂，即便是不死不滅的天魔也不能全身而退。哪想待眾神趕到誅仙臺邊，卻見觴昊竟已滿身是血重新爬了上來，而西天的大佛也正坐在半空之中，一臉慈悲地望著他。

觴昊身上的血淌在地上，彷似能匯成一片血泊。他將一盞灰撲撲的燈放到地上，虛弱道：「你不是佛麼？我搶回了她的生魂，救她。」

大佛目帶悲憫，卻道：「我若不救，你又待如何？」

如何？他能如何，殺了大佛，可是觴昊無比清楚地知道，現在殺了誰都沒用，小淺灰飛煙滅，因為他而灰飛煙滅。都是他的過錯。

見昔日為禍天界的大魔頭眸中死寂一片，大佛終是嘆道：「阿彌陀佛。觴昊，你天生魔胎，生性乖戾，脾性暴烈而極為自私，若不經此一劫，你又如何能真正痛入骨髓，深省過往。當初你為一時興起而害數萬生靈性命，他們一如此燈靈般無辜，天道尋常，因果輪迴。而今，你可是悔了？」

觴昊臉貼在誅仙臺冰涼的地上，他摸著長明燈，艱難地點點頭，悔，又痛又悔。

大佛微微淺笑，「佛法慈悲，念在長明燈靈並無過錯，生性純良，我便以這長明燈再化一個肉身給她。觴昊，你將這生魂放入其中，至於能不能甦醒，全在於你。」

言罷，大佛一手輕揮，那盞長明燈便化作了一個嬰孩，竟是觴昊與小淺初見的樣子。只是那時的小淺會樂得滿地打滾，會爬到他身上放肆地撒野，會軟軟地喚他：「娘，親親。」

觴昊忍著胸腔中撕裂般的劇痛，將掌心之中小淺的生魂慢慢渡入嬰孩身中。可是等了半晌，孩子仍未有半點動靜。

「為何會這樣？」

「阿彌陀佛，想來定是這長明燈靈生了怨念，不願甦醒罷。」

不願甦醒。觴昊看了小淺許久，苦笑著想，妳這麼蠢笨卻還會怨恨我，想來跳下誅仙臺的那一瞬定是傷心極了吧？他低聲問：「她要如何才能不怨？」

「下界有一人，名曰白鬼，她興許能助你。」

鶻昊抱起小淺，一步一個血印地往天門走去，只給眾神留下一個孤絕的背影和沙啞的承諾，「我承你此恩，從今往後，鶻昊不再害一人性命。」

他是不死之身，能聽他立下此誓，眾神頓時安了心。天魔鶻昊，終於不再是三界的威脅了。

小淺雖未甦醒，身體卻在一天天長大。鶻昊這才發現，原來她成長的每一個模樣他都是記在心裡的。

不知在下界尋了多久，小淺已長得如同她跳下誅仙臺時那般大了。

鶻昊漸漸開始起了心慌，若是永遠也尋不到白鬼這樣一個人呢？若是小淺永遠也醒不過來呢……

春日桃花燦爛，鶻昊背著小淺走過繽紛的林蔭道，一個轉角，忽見一名白衣女子倚樹站著，見了鶻昊，她輕輕點了點頭，「我名喚白鬼，是來收走你身後那女孩心中之鬼的。」

鶻昊愣了一會兒，才笑道：「總算找到妳了。」

白鬼自袖中拿出一隻毛筆，輕聲道：「助你，亦是在助我自己。不過，有一事你可想清楚了？」

「何事？」

「她不再怨你，也就不再愛你，忘卻前塵，對於她來說，這是新的一生。而這一生不再有你。」

觴昊倏地笑了，「我有永恆的生命來闖入她的生命中，她忘一次，我便讓她記起來一次；忘兩次，我便讓她記起來兩次。直到再也忘不掉為止。」

第七章

小淺醒了，卻如白鬼所說，前塵忘盡。她會睜著大眼睛問他，「觴昊，你是我爹嗎？為什麼對我這麼好？」

他面不改色地給她擦了擦糖葫蘆糊髒的嘴，道：「我是妳相公。」

「可我為什麼記不得你？」

「妳現在可識得我？」

「識得。」

「如此便好。」觴昊埋下頭親了親她的唇，糖葫蘆的甜味也沾染上了他的味蕾，「以前的事情都不重要，妳只需記得，我喜歡妳，妳喜歡我就行。」

小淺眨了眨眼，奇怪道：「可我總覺得你是不喜歡我的。」

「我喜歡妳。」他在她耳邊重複，一遍一遍又一遍，彷似在彌補那日沒有說出口的解釋，又彷似要小淺深深地將這句話刻在心裡，永遠也忘不掉。

小淺對這個浮華的塵世十分好奇，觴昊便帶著她四處遊玩，走走停停。以往在舍利塔中總是小淺的言語多過觴昊，而現在卻是他牽著她，走過小淺從未見過的春夏秋冬，訴說著她從未聽過的奇聞異事。但不管是在孤寂的舍利塔中，還是這紛擾的紅塵之中，觴昊都成功讓自己變成了小淺的唯一。

僅有的唯一。

夏日大雨傾盆，小淺在客棧的二樓坐立難安，她在窗前來來回回晃悠，可等了許久，仍舊沒有看見觴昊的身影。

她急得紅了眼眶，終是忍不住拿了把傘，跑進雨幕之中。她在青石板的街道上一路喊著觴昊的名字，大雨溼了鞋，風又吹亂了她的頭髮。小淺提了裙子顧不了頭髮，顧了頭髮又提不了裙子。她一心急，索性將油紙傘扔了，找一會兒觴昊又哭一會兒。走過大半個小鎮，渾身都溼透了。

她爬臺階的時候腳下一滑，摔破了膝蓋。她左右張望，皆不見觴昊的身影，小淺便在大雨中像個孩子一樣嚎啕大哭起來。

一聲嘆息在她身後響起，一隻有力的手將她拉入了熟悉的溫熱懷抱。

小淺反應過來，看見觴昊的臉，立即將頭往他懷裡一埋，蹭了他一胸膛的鼻涕眼淚。觴昊拍了拍小淺的頭，聲色中帶著莫名的顫抖意味，「如此，便別忘了，再也別忘了我。」

想來，被遺忘的人，再如何掩飾，始終是心存懼怕的。

這場大雨之後，小淺病了，燒得一張臉通紅，望著觴昊竟說胡話，一會兒喚他「娘」，一會兒又叫他「親親」。觴昊尚在琢磨著要不要將小淺抱去天界，命那司藥神君好好將她看一看。哪想三天之後小淺卻突然好了。

觴昊摸了摸她的頭，道：「下次我不見了，妳還那樣去找不？」

小淺望了他好一會兒，一句話也沒說，觴昊微微蹙了眉，還沒說話，小淺老實點頭道：「還得找。」她說得極為認真，眸中不似往常的空洞，帶著更為深沉的東西，看得讓觴昊幾乎失神。

這一瞬間，觴昊幾乎以為，小淺是不是想起什麼來了。可她又接著笑了，一如往常般清澈，毫無陰霾，「觴昊，接下來我們去哪裡玩？」

「妳想去哪裡？」

「沙漠，前些天聽人念叨什麼大漠孤煙直，長河落日圓，我想去看看。」

觴昊笑了，「妳親一親我，我就帶妳去。」

小淺眨巴眨巴了眼，然後一把將被子掀開，「觴昊，人家說夫妻之間還有更親密的事。我躺好了。」她巴巴地望著觴昊，生生將這大魔頭看得微微眯起了眼。

他一聲嘆息，拉被子將小淺蓋好，道：「妳才病好，咱們緩緩。我先收拾東西。」客房的門輕輕掩上。

小淺的眼裡勾出了一抹得逞的笑意。

她確實想起什麼來了，可是，也正如觴昊所說，以前的並不重要。現在她只需要知道，他喜歡她，她喜歡他就好。

第22篇

鬼將（上）

第一章

芊芊抱著琵琶，站在紅毯鋪就的高臺上，一眼看盡臺下的富貴老爺臉上的輕浮。她躬身坐下，指尖輕挑，琵琶聲起，下方的客人們頓覺驚豔。芊芊知道，此曲一罷，她便會像個物品一樣，被這臺下其中某人以最高的價格買走初夜。

如同一個玩物，任人擺布。

鴇兒交代過，她這一曲只能極盡嫵媚，纏纏綿綿。可芊芊卻把這曲琵琶彈得淒然哀婉，鴇兒聽青了臉，還不等芊芊奏完，她便搶著上了臺道：「各位官人，這個是咱們青柳閣最純的一個姑娘，名喚芊芊，剛過二八年華，模樣清秀又彈得一首好曲子，平日裡，我可是藏著掖著管不叫人看去了，今日是她初次登臺……」

「誰愛聽妳這些廢話。」一位中年男子道：「讓小娘子來唱一個。」

鴇兒尷尬地笑了兩聲道：「這位爺……其實，這姑娘嗓子不好。」

原來是啞子。

眾人譁然，一時都表現出興趣鈌鈌的模樣。鴇兒正苦笑之際，忽聞一道醇厚的男聲道：「多少錢？」眾人皆是一靜，轉頭望向開口的男子。

芊芊也自鴇兒的身後望了過去，那男子一襲繡著金絲祥雲紋的玄衣，一看便知非富即貴。男子淺酌一口甜酒，眸光淡淡地掃過芊芊，落在鴇兒的身上。鴇兒心底一震，忙道：「三兩文銀。」

「嗯，我要了。」

她便這樣被一個男人如此輕描淡寫地買了下來。

花房之中，芊芊穿著暴露的衣裳坐床榻邊，她從未如此鎮定也從未如此慌亂，藏在衣襬中握住剪刀的手在微微發抖，她想，逆來順受地活了這麼些年，到現在，她總得為自己爭一爭的，即便是爭得魚死網破。

花房的門被輕輕推開，芊芊隔著薄紗望著緩步而來的玄衣男子，握著剪刀的手緊了又緊。眼前的粉色紗簾被拉開，男子靜靜站在她身前，眸光沉凝地打量她。

芊芊汗溼了手心，垂著頭不敢看他，忽然，一件帶著餘溫的衣裳扔到了她身上，男子冷聲道：「穿好。」芊芊有些驚詫地抬頭，卻見男子伸出了手掌道：「把手裡的東西交出來。」

芊芊警惕地往後挪了挪，十足的戒備。男子冷笑，「若我想碰妳，妳便是渾身長刺我也能給妳拔了。」

她看了看男子手上只有常年習武的人才會有的老繭，終是將剪子交了出去。男子將剪刀隨手一扔，轉身走到桌邊坐下，他替自己倒了一杯酒，道：「彈首曲兒來聽。」

聽罷這個要求，芊芊愣愣了一陣才忙尋了琵琶抱在懷裡，她悄悄打量了男子一會兒，見他已開始獨酌起來了，芊芊這才調整好心態，彈出樂曲來。

一曲罷又起一曲，芊芊彈得指尖紅腫，男子也不讓她停下來，最終是一聲酒壺的碎裂聲打斷響了半夜的曲子。

芊芊抬頭一看，見那男子全然醉了，趴在桌上呢喃著言語。

窗戶開著，寒涼的夜風貫進屋來，芊芊看了看自己身上的玄色外衣，心軟走到男子身邊，正要為他披上，忽然間，男子一把拉住了芊芊的手，力道大得嚇人。

芊芊駭得面色一白，忙不迭地往後退，而男子也不放手，醉酒無力的他竟被芊芊在倉皇間拖了下來，又正巧撲倒了芊芊，一爪子捏在了她的胸上。芊芊大驚「啪」的一巴掌甩在了男子的臉上，她不停地往後退，急於從他身下逃脫。男子仍舊拽著芊芊不放手，他在那一瞬間的疼痛之後似乎回過神來，深沉的怒氣自黑眸深處卷出，他一把拉過芊芊，輕輕鬆鬆地將她的雙手箝制住，另一隻手掐住了芊芊的脖子。

手掌收緊，芊芊的臉漲得通紅，呼吸越發困難，她盯著上方的男子，恐懼和絕望占滿心頭，淚珠一顆一顆滾落下來，失聲多年的嗓子在此刻發出如同動物一般嗚咽。

男子恍然回神，猛地放開手，芊芊立即用力喘息起來，整個房間靜得只聞她呼吸的聲音。

男子並未從芊芊身上走開，他痴痴地望著她臉上的淚珠，默了半晌，沙啞地道：「笑笑。」

芊芊此時只覺這人有毛病，這樣的境況，哪個瘋子能笑得出來。可是男子卻把頭埋下，貼著她的臉頰低低地喚，「笑笑……」聲如低泣，芊芊方知，他此時喚的是一個人名。

還不等芊芊將思緒理清楚，男子貼著她臉頰的腦袋便開始動起來，他一口含住了她的耳垂，輕輕舔弄。未經人事的芊芊霎時傻了，男子的唇吻過她的顴骨、酒窩，直到唇角，他輕舔芊芊的唇畔，緩緩撬開緊閉的唇……

芊芊猛地回過神來，驚駭之餘，膝蓋猛的往上一頂……

男子一聲悶哼，暈過去之前，芊芊聽見他咬牙切齒地吐出兩字，「刁民。」

第二章

翌日清晨芊芊在床上睡醒之時，那男子還躺在地上，她輕手輕腳地推門出去，哪想門還沒掩上，等在門外的鴇姊兒便探頭將屋裡的情況看得清清楚楚，見貴客狼狽地躺在地上，鴇兒大驚失色，忙擰了芊芊的耳朵，將她拖到一邊低聲喝道：「說，妳昨兒個有沒有好好服侍？」

芊芊耷拉著腦袋弱弱地點頭。

鴇兒大怒，「就知道撒謊！妳把人都服侍到地上躺著了？來這裡的恩客，哪一個是咱們能得罪的？妳誠心想讓咱們青柳閣關門大吉是不？以後哪個客人還敢要妳，這日子妳還想不想過了！」她邊罵邊打，抽得芊芊直躲。鴇兒怒氣更甚，揚手要打她巴掌，手一抬便被人抓住。

玄衣男子淡淡地望著鴇兒，道：「這日子別過了，我贖了她。」

看見來人，鴇兒臉上立即堆出了笑，「看來我家芊芊昨夜確實服侍得不錯，只是客倌，這芊芊昨兒個可是第一次……您知道，這些年我沒少花功夫在她身上，您若是要贖……」

「要多少銀兩，妳自己開個數，他日去鎮遠將軍府提了便是。」

芊芊一愣，不敢置信地望著眼前這人，鎮遠將軍蕭成暮，沙場上的魔鬼，王朝最年輕的大將軍，她的……恩人。

蕭成暮淡淡掃了她一眼，隨即一擺衣袖轉身走下樓去。

鴇兒忙催促芊芊道：「愣著幹什麼！還不將恩客跟上！」芊芊傻傻地望了蕭成暮的背影許久，猛地回過神來，忙跑進花房中將琵琶抱了，又急急忙忙地奔出來追著蕭成暮而去。

她已有五年未曾踏出過青柳閣的大門，外面的世界讓她覺得陌生可怕，唯有緊緊盯著走在前面的玄色身影，拚命地想追上，可是她哪裡趕得上蕭成暮的腳步，轉了幾個彎，她便找不見人了。

芊芊仍穿著昨日那身暴露的衣裳，四周的人皆用奇怪的眼神打量著她，她緊緊抱住琵琶，指尖用力到泛白，舉目四望，無一人可親近相信，無一處是棲身之地。時間彷似又回到了五年前的冬夜，她被賊寇害得家破人亡，獨自上京，投身青樓，最糟糕的歲月……

可那段歲月當中，她看見過這輩子最耀眼的人。

「妳跟著作甚？」男子的聲音在跟前響起，卻是蕭成暮折返了回來，他冷冷道：「我既已贖了妳，妳便是自由之身，從今往後，另謀出路去吧。」

他比芊芊高出許多，身影在晨光中投出令人心安的影子。一如那一年，故鄉淪陷，賊寇橫行，是他領騎兵奪回了城池，勇斬數百賊寇，芊芊永遠也忘不了遠遠看見的那個馬背上的剪影。

人皆道他是魔鬼之將，可芊芊卻覺得，他是最英勇的神將，護國衛家不讓賊匪欺凌國人，這才是軍人之所以為軍人。

蕭成暮見芊芊不動，便將隨身戴著的荷包取下來遞給芊芊，「自尋出路去。」

芊芊搖了搖頭，只定定地望著他，眼中還是帶著幾許瑟縮與害怕。蕭成暮看著她的眉眼，一時竟有些失神，他挪開目光，轉身離開，「隨妳。」

芊芊忙跟在了他的身後。

第三章

芊芊隨蕭成暮回了鎮遠將軍府後，被安排在一個寂靜的小院子裡，過上這輩子從未有過的悠閒生活，可是卻再沒見過蕭成暮。

直到五月，宮裡來旨，皇后歸娘家省親路過鎮遠將軍府，會到府上來歇息一陣。為了迎接皇后的「暫歇」，將軍府頓時忙碌起來。

這本也不關芊芊的事，可便在皇后將來的前一夜，芊芊在將軍府花園中見到了蕭成暮。

他又在喝酒，坐在亭子裡。

芊芊站在扶桑花旁靜靜地看了他一會兒，剛想轉身離開卻聽蕭成暮道：「站住。」芊芊老實站住，他又道：「彈首曲子來聽。」

芊芊的琵琶沒帶在身上，正無措之際，蕭成暮不知從哪兒取出了一把琵琶，放到桌上，「用這個彈。」

芊芊走上前去，見桌上的是把極好的琵琶，她眼前一亮，愛惜地摸了摸，卻在琴頭處摸到了個「笑」字，芊芊一愣，恍然想起那日蕭成暮在她耳邊喚著的「笑笑」。

原來……這此物是那個叫笑笑的姑娘的。

芊芊垂下眼眸，也不多問，抱起琵琶便奏起曲子來，還是那首悲涼的曲子，彷似要將人肝腸催斷一般。

蕭成暮望著亭外月色淡淡問道：「為何不肯歸家？」

曲子頓停，芊芊沾了一點酒，在桌上寫道：「無家可歸。」

蕭成暮淡淡酌了口酒道：「既然如此，便留下來做我的侍妾可好？」

芊芊一愣，寫道：「為何？」

蕭成暮醉眼笑望芊芊，「因為妳的眉眼。」他話也不說完，帶著微醺離開了亭子，「若妳願意，三日後，我便娶妳過門。」

芊芊在空無一人的亭中坐了半晌，然後鄭重地點了頭。

翌日，皇后如期來到將軍府暫歇。

芊芊是沒有資格見到皇后的，她在自己的小院裡為花圃澆水，臉上抹了兩道汙泥看起來有些許可笑。忽然一道女聲闖入了她的耳朵，芊芊好奇地走出院門，卻見稍遠處的池塘邊蕭成暮與一名華服女子相對而立。

那女子身披金色鳳紋大衣，芊芊一下便明白了她的身分。

「成暮……」女子的聲音有些哽咽，「是我與聖上對不住你。」她說著便往地上跪去，竟是作勢要給蕭成暮磕頭。

「娘娘如此大禮，成暮不敢受。」蕭成暮並不看她，目光遠遠望著天際，「妳起吧。」

皇后淚如雨下，拜了三拜之後站起身來，蕭成暮淡淡道：「十月之期蕭某必赴。」皇后低聲稱謝，轉身離開之際忽聽蕭成暮喚道：「笑笑，蕭成暮此舉是為國家社稷，妳……妳與皇上勿需抱疚。」

皇后是如何走的芊芊已記不得了，她耳邊嗡嗡地亂成一片，她只記得皇后那似曾相識的眉眼與蕭成暮那聲喑啞的「笑笑」。

原來如此，原來如此。

他喜歡的人是當朝皇后，他要的眉眼也是與皇后相似的眉眼。

芊芊情不自禁地摸了摸自己的眼睛，一時間心緒奇怪地難言。

她抬頭定定地望著蕭成暮，彷似察覺到芊芊的眼神，蕭成暮也望了過來，他神情有些難掩地冷漠。

被人看見了這些事，應該會被滅口吧，芊芊如是想著。

靜默在兩人眼神交會中流轉，最後卻是蕭成暮先挪開了眼，一邊走遠，一邊吩咐道：「回去將臉洗了。」

兩日後，蕭成暮娶了芊芊過門，做為他的第一名侍妾。

蕭成暮挑開芊芊的紅蓋頭之後，芊芊在他手心裡寫了一行字，「將軍，你可能喚喚我的名字麼？」

蕭成暮微微一愣，「妳叫什麼名字？」

「芊芊。」她靜靜地寫下這兩個字，沒有半分怨懟不滿。

蕭成暮如她所願地喚出了這個名字，磁性的嗓音咬出這個細軟的疊音，讓芊芊笑瞇了眼。對她來說這樣便已足夠了。

喜燭之下，芊芊的笑靨溫和甜美如水底青荇柔軟地搖擺，如名字一般纖細的人。蕭成暮頭一次為這個女子唇角的弧度失了神。

紅燭落淚，紗帳落下，滿室旖旎。

第23篇

鬼將（中）

第四章

七月流火，蕭成暮日漸繁忙起來，時常待在軍營中過夜，偶爾回到將軍府也帶著一身凝肅的殺氣。

芊芊從不多嘴地問他什麼事，她最常作的事便是給蕭成暮奏一曲琵琶，陪他飲一夜涼酒。

七月過半，芊芊的食慾不大好，遣大夫來看了之後，方才知她竟是有了身孕。芊芊摸了摸自己的肚子，覺得生活真是讓人驚喜。府中總管忙派人去軍營通知蕭成暮。

芊芊等到半夜，想與他一起分享這份天賜的驚喜，哪想卻只有等到了侍從帶回來的一句：「軍務繁忙，安心養胎。」

她知道自己沒什麼可怨的，可是仍舊忍不住垂了眼眸，輕聲嘆息。

八月分，天氣漸漸涼了下來，可芊芊食慾越發不振，宮中皇后不知從哪裡得知了芊芊懷有身孕的消息，竟破例邀她這名侍妾進了宮。

芊芊見到皇后時她正在御花園陪著皇帝，而站在皇帝身後的，正是她多日未見的夫君蕭成暮。

見到芊芊蕭成暮也是微微一愣，皇后笑道：「我聽聞成暮的侍妾有了喜，便邀她進宮來坐坐，也陪著我這個大肚婆一起聽聽老嬤嬤的念叨。哪想今日皇上你也來了，還帶著成暮。正巧，想來這些日子成暮定是繁忙異常，你們兩口子便在宮中好好聚一聚吧。」

芊芊的目光落在皇后的肚子上，果然看見她的肚腹微微凸了出來，她再望了蕭成暮一眼，他只是恭敬地行禮道：「多謝娘娘。」

御花園中，皇帝與皇后走在前方，芊芊與蕭成暮遠遠的跟在後面，兩人都不言語，與前面有說有笑的兩人形成鮮明的對比。行了許久，蕭成暮才堪堪憋出一句，「身子可還好？」

芊芊乖乖地點頭。

「若有什麼要求儘管叫府中人去做。」

她繼續點頭。

蕭成暮素日寡言，此時說了兩句便沒了別的話，倒是芊芊牽起了他的手，在他掌心輕輕寫道：「將軍在外，一定珍重身體，如此芊芊便可心安。」她的手指柔軟劃過堅硬的手掌，像一隻貓爪，將他的心也撓得癢了癢。這個姑娘從未對在他面前表現出任何的脆弱，可偏偏就是這樣一直微笑著的模樣，讓他不經意地便心生憐惜。

蕭成暮張了張嘴還未說話，忽聽前方一陣吵雜，有侍衛大叫：「保護皇上！有刺客！」蕭成暮面色一沉，幾乎是立刻甩開了芊芊的手，走了兩步，他才回過頭來喝了一句，「找個安全的地方躲起來！」

芊芊呆呆地望著他離開的背影，一直藏在袖中還未來得及給他的錦囊只有死死地拽在手裡。

前面的侍衛護著皇后且戰且退，皇后大喝：「我自己會找地方躲，你們速去求援軍。」她話音未落，一柄亮晃晃的刀劈空砍來，皇后被一名侍衛一推連連向後倒去，眼瞅著便要摔入池中，芊芊一把拉住皇后的手，可還未站穩腳跟，身後不知是誰猛地推了她一把，兩人一同掉入了池塘中。

芊芊的眼前一片模糊，耳邊寂靜一片，忽然她聽見一個落水聲，模糊的眼睛彷似看見一個玄色身影向她遊來。

她伸出手，想要抓住他。可是，那身影卻抱住另一個明黃衣裳的女子。那女子的寬大衣襬在水中蕩漾開來，像是一隻金鳳，離她越來越遠。

他們之間的過往，本就不是她這樣的人能介入的。

芊芊，水草一樣的芊芊……

蕭成暮將皇后拉上了岸，適時刺客已除，宮人手忙腳亂把皇后抬走，忽然有侍衛遲疑道：「將軍……將軍您的侍妾還未上來。」

蕭成暮狠狠一愣，面色刷地白了下來，「你說什麼？」

「方才……皇后娘娘與您的侍妾一同落下去的，奴才以為您看見了……」

蕭成暮一頭扎進水裡，他找了好一會兒才在水底看見了芊芊，她今日穿著一身綠色的衣裳，蕭成暮幾乎沒看見她。她的腳被水草緊緊地纏住，待蕭成暮扯斷水草將她帶上岸時，芊芊的臉色已經烏青了。

她幾乎沒了呼吸，蕭成暮按壓著她的胸口，力度大得幾乎快敲碎她的胸骨，終於芊芊一口水嗆了出來，不停地咳嗽。

蕭成暮長舒口氣，彷似贏了一場大仗，指尖尚還在顫抖，差一點……差一點她便死了，帶著他的孩子。

芊芊捂住了自己的腹部，一手緊緊拽住蕭成暮的衣裳，她的喉頭發出含混的聲音，像小動物一樣發出嗚嗚的聲音。蕭成暮看著她滾落出淚珠的眼，忽然間意識到了什麼，腦子霎時空了一瞬。

芊芊蜷起了身子，在她溼淋淋的衣襬下方，一抹血紅漸漸流了出來。「啊啊……」她只能發出這樣言詞不明的聲音，混著淚，這便是她悲傷的唯一發洩方式。

細弱的手指將他的衣裳死死捏住，蕭成暮有些慌張地將她攬在懷裡，摸了摸她的頭，一遍一遍地喚道：「芊芊，莫怕。芊芊莫怕。」

而他自己卻顫抖了唇角。

這是蕭成暮頭一次覺得自己對不住一個人，感到令人疼痛的愧疚。

第五章

孩子沒了。

芊芊甦醒後便聽見蕭成暮沙啞著嗓音告訴她這事實。

她沒多大反應，只是如往常一般點點頭，反而是蕭成暮將手掌攤開，送到她身前道：「妳若想說什麼，便說罷。」

芊芊默了一會兒，才在他掌心寫出「將軍」二字，她的手指在蕭成暮掌心顫抖著頓了許久，又寫道：「勿需愧疚。」

她活得不長，可也知道「天命」二字，有的東西搶不來，爭不來，能得到全靠緣罷，失去了不過是命罷。

「對不住。」蕭成暮默了許久，沉聲道：「妳若想離開將軍府，我可以送妳走。」

芊芊聽了這話，倏地抬起頭來望著蕭成暮，眼中的疼痛頭一次掩蓋不了地展現在蕭成暮面前，到現在，他竟還想著送她走，像送一隻寵物離開一樣……可這疼痛只有一瞬，她又垂了頭，帶著些固執的情緒，搖了搖頭。

蕭成暮握了握她的手又道：「妳若不想走，誰也不能趕妳走。」

她的眼眶便在聽到這句話之後毫無預見地紅了起來，芊芊從衣袖中掏出那日本想送給蕭成暮的錦囊，在他掌心寫道：「我給將軍求了平安符。也不知道，裡面的符有沒有化開。」

輕輕的錦囊令蕭成暮頓覺沉重。

適時，屋外急急走進來一名軍士，他與蕭成暮附耳說了些言語，蕭成暮神色頓時沉了下來。

他有些遲疑地望了芊芊幾眼，芊芊笑了笑，推了推他的手，示意他離開。

蕭成暮終是站起了身，他埋下頭輕輕吻了吻芊芊的額頭，「今晚我回來陪妳。」

而那一晚蕭成暮還是沒有回得來，翌日，一道聖旨昭告天下，九月中旬，鎮遠將軍將出師邊塞，驅逐侵吞王朝邊境的韃靼人。

聽到這個消息，芊芊只想到了那日在將軍府後院看見的皇后與蕭成暮二人，那時他們約的是十月，而現在卻又提前了半月，想來邊關軍情必定十分緊急。芊芊始知蕭成暮此去，凶多吉少。

九月初，蕭成暮在百忙之中總算抽了點時間回府。他不知自己為何非要在出軍前去看看芊芊，好似看看她，知道她身子養得好，他便能安心一般。

蕭成暮回來的時候芊芊在小院子裡摘桂花，她動作很笨，忙碌了半天，成果也沒有多少。蕭成暮倚在院門邊靜靜地看了她許久，香氣濃郁得醉人，連日的疲乏與緊張不知不覺都被揮散開去。

或許連蕭成暮也不知道，他此時脣邊的弧度有多溫柔。

芊芊摘得累了，扭了扭脖子，轉過身來便看見了蕭成暮。她嚇得一驚，手中的花籃落到地上，辛辛苦苦摘了半天的花又灑了一地。她忙蹲下身去撿，蕭成暮也走過去搭了把手，一邊幫她拾撿一邊問：「摘桂花做什麼？」

芊芊愣了一愣，拉過蕭成暮的手寫道：「將軍日夜繁忙，定是疲憊非常，桂花能舒緩情緒，提神振氣。芊芊想給你做個香包。」

蕭成暮心中一暖笑道：「好，今日妳給我做一個，我也給妳做一個。」

男人的針線活可想而知，他繡的香包讓芊芊笑得直顫。蕭成暮有點羞惱，還是厚著臉皮把東西給了芊芊，「待桂花晒乾之後，妳便將它裝進去吧。」

芊芊點頭應了，臉上的笑是從未有過的明媚。

蕭成暮出師那日皇帝皇后到城門之上相送，蕭成暮與皇帝飲了一杯血酒後瀟灑地轉身離開，像一個必定會凱旋歸來的將軍，神情一如往日般堅定。他沒再看皇后一眼，下了城樓，騎上戰馬，目光在人群中尋覓了幾番後，微微蹙了眉。

他招來前來相送的府中總管問：「府中的人都來了嗎？」

「回將軍，都來了。」總管想了一會兒道：「芊芊姑娘前日已離開了王府，將軍之前交代過，若姑娘要走，誰也不許攔。小人已遣人告知將軍了，可將軍軍務繁忙，興許還未來得及知曉。」

走了……

握住馬韁的手狠狠一緊，拽得座下戰馬直甩頭撅蹄子。

他眸色暗沉了好一會兒才道：「走了……也好。」落寞並未在他臉上停留許久，他踢馬向前，一身玄色鎧甲映著日光，宛如神將，「出兵！」

第24篇

鬼將（下）

第六章

十月塞北已颳起了風雪。不知與韃靼打了多少場仗，形勢一天比一天嚴峻。王朝兵敗只是遲早的事，蕭成暮的任務只是把時間拖得久一點，更久一點。

一戰罷，戰場硝煙未散，蕭成暮疲憊走進自己的營帳，他拍掉肩頭的雪，忽見一個小兵正在替他整理床被。見他進來，小兵有些慌張地行了個禮，顫抖著往帳外走。

蕭成暮懷疑地打量了他一番，冷了眼眸，喚道：「站住。」

小兵僵住身子。

「你是誰安排過來伺候的？」

小兵不答話，身子卻抖得厲害。蕭成暮心中懷疑更甚，他兩步走上前，長劍一翻便打掉了小兵的頭盔，看見這張臉，蕭成暮有些不相信地眯起了眼，盯了她好一會兒才道：「妳是怎麼跟來的？」

此人正是芊芊。她悄悄瞟了蕭成暮一眼，耷拉著腦袋不說話。

蕭成暮不知哪來的火氣拽了芊芊的手便道：「回去，今日我便命人送妳回去。」芊芊搖頭，執拗地盯著他。蕭成暮按捺著怒氣道：「這由不得妳。」

芊芊緊緊拽住蕭成暮的衣袖，眼中蒙起了一層水霧，她焦急地張著嘴，從未如此想開口說話，她想說：「我不走，我陪著你。」

蕭成暮拽著她往營帳外拖，芊芊拚盡全力地掙扎，可是她那點力氣哪裡拗得過蕭成暮，無奈之下她只好撲身上前，將蕭成暮緊緊抱住，她一直搖頭，表示自己不離開的決心。

蕭成暮拉開芊芊，一雙眼怒得通紅，「妳知道什麼！待在這裡會要了妳的命！」

芊芊一個勁兒地搖頭，比劃道：「援軍會來。」

「不會來！」像是忍耐到了極限，蕭成暮脫口道：「帝都南遷，我只是來拖延韃靼軍隊的腳步！沒有援軍，誰也不會來！」

芊芊眼淚止不住地流，早已明白的事實在這個時候被蕭成暮說出來，心中絕望更甚。他拽了芊芊繼續往營外走，「離開這裡，芊芊，到南方，活下去。」

芊芊急急抓了蕭成暮的手寫道：「我再給你彈一首曲子吧，我再給你彈一首！」

蕭成暮默了一會兒，他摸著芊芊的臉，一聲沉沉的嘆息，「妳比誰都溫柔，也比誰都固執。妳若不曾遇見我……該有多好。」

芊芊淺笑，在他掌心寫道：「芊芊最幸運的事，便是遇見了將軍。」在芊芊心中，他一直是個威武神勇的將軍，家國至上，忠義在前，這才是蕭成暮。

芊芊抱來琵琶，靜靜奏了一曲哀傷的歌，是他們在青柳閣初見之時，芊芊為自己飄萍的命運而奏的曲子，此時送給蕭成暮，竟也十分應情。

蕭成暮只定定看著她，脣邊帶著若有似無的笑，在營帳中頭一次忘記家國重責。

忽然之間，帳外有些嘈雜起來，隱約傳來士兵慌張的叫喊：「韃靼大軍來了！韃靼大軍攻過來了！」

蕭成暮臉色一沉，沒料到敵人今日竟會突襲。他的手狠狠一緊，隨即起身一把將芊芊帶來的那把刻有「笑」字琴頭的琵琶扔在一邊。他拉著芊芊走到床榻邊，掀開床板，下方有一個地洞。芊芊滿眼驚慌，拽住蕭成暮的衣襟不肯放手。

蕭成暮心一狠，點了她的穴道，將她放到地洞之中。

「莫怕，睡一覺起來便好。」他望著芊芊通紅的眼，他輕輕摸了摸她的頭，笑道：「我是一國將軍，保家衛國戰死沙場是我的職責，可是妳不行。芊芊，妳還有漫長的人生要走，浮世繁華天地蒼蒼，妳還有那麼多東西沒見過，妳不能死在這裡。」

芊芊淚如雨下。

蕭成暮長嘆，「此一生蕭成暮對得起天地父母，對得起君王國家，唯一對不起的只有妳……芊芊，好好活著。」

這是蕭成暮留給她的最後一句話。他將她藏好，而後戴好鎧甲，拿起長槍，邁大步走出了軍營。營帳外，早已是一片慘烈的修羅場。

他策馬向前，揚槍大喝道：「鎮遠大將軍蕭成暮在此！韃靼賊寇上來送死！」

外面的廝殺不知持續了多久，當世界全然安靜下來後，芊芊才用僵冷的手推開了頭頂的木板。

營帳四周皆被濺上了鮮豔的血，殺伐已歇，冰冷的武器味在空氣中飄散。芊芊掀開營帳的門簾，走了出去。觸目一片瘡痍，滿地狼藉，軍士的屍體遍野皆是。四處不聞半點人聲。

芊芊一步一踉蹌地往前走，她腦子裡空白一片，走到軍營門口，高高的營門口下面堆了一座屍山，下面躺著的皆是韃靼的士兵。而在這座屍山之上，玄甲將軍手持銀槍堅韌地佇立著。

他挺直的脊梁像一個永遠不能被摧毀的山峰，扛起了一個國家的尊嚴與希望。

芊芊腿一軟，摔倒在地。

夕陽的光照在他的身上，逆光之中，芊芊彷似又看見了許多年前，那個趕走故鄉賊寇的將軍。他永遠是芊芊心中的英雄，不論戰勝戰敗，無論是生是死……

「將……將軍。」她生澀地喚出這兩個字，許多年不曾說話，讓她的嗓音沙啞而音調不準。

她年幼時，在戰爭中失去了家人，不再開口說話。而今，也是在戰場上，她終於能再次開口。

「將軍，芊芊陪你。」她的手碰到了一把士兵留下來的刀，上面的血跡未乾。芊芊顫抖著指尖將刀柄緊緊握住。她緊緊閉上眼，一刀割下，一縷青絲落下。她將髮絲結了個結，放在地上，然後靜靜地轉身離開。

她要去南方，然後最勇敢地活下去。

尾聲

五十年後，街頭彈琵琶的老嫗快死了，她滿面皺紋，臥在床榻上，呼吸幾不可聞。

沒有孩子的她，床邊卻守著一個白衣的女子，女子輕聲道：「我名喚白鬼，是來收走妳心中之鬼的。」

老人艱難地笑了笑，「姑娘，妳尋錯人了罷。我這輩子，雖然清苦，卻也無怨，無悔。」

白鬼冷聲道：「妳一生只思念一人，執念過重，與妳投胎不利。」

老人呼吸已十分地微弱——

「這不過……是人之常情罷了。我這輩子，能尋得值得惦記一生的人，是最大的福氣……」

她輕輕閉上了眼，胸口也不再起伏。

老人手中緊緊握著一個十分難看的香包，裡面尚還殘留幾縷淡淡的桂花香。

白鬼掏出袖中的筆，筆尖卻在香包上方停留了許久，最終她收了筆。輕輕地轉身離開，「奈何橋邊，他或許還在等著妳吧。」

百界歌（上）

作　　者／九鷺非香
執 行 長／陳君平
榮譽發行人／黃鎮隆
協　　理／洪琇菁
總 編 輯／呂尚燁
執行編輯／丁玉霈
協力編輯／熊芩
美術監製／沙雲佩
美術編輯／陳又荻
國際版權／黃令歡、梁名儀
企劃宣傳／楊玉如、施語宸、洪國瑋
內文排版／謝青秀

國家圖書館出版品預行編目資料

百界歌 / 九鷺非香作 . -- 一版 . -- 臺北市：城邦文化事業股份有限公司尖端出版：英屬蓋曼群島商家庭傳媒股份有限公司城邦分公司尖端出版發行 , 2022.05
冊；　公分
ISBN 978-626-316-783-4（上冊：平裝）

857.7　　111003417

出版／城邦文化事業股份有限公司　尖端出版
台北市 104 中山區民生東路二段 141 號 10 樓
電話：（02）2500-7600　傳真：（02）2500-2683
讀者服務信箱：7novels@mail2.spp.com.tw
發行／英屬蓋曼群島商家庭傳媒股份有限公司城邦分公司　尖端出版
台北市 104 中山區民生東路二段 141 號 10 樓
電話：（02）2500-7600　傳真：（02）2500-1979
劃撥專線：（03）312-4212
戶名：英屬蓋曼群島商家庭傳媒（股）公司城邦分公司
劃撥帳號：50003021
※ 劃撥金額未滿 500 元，請加付掛號郵資 50 元
法律顧問／王子文律師　元禾法律事務所　台北市羅斯福路三段三十七號十五樓

台灣地區總經銷／中彰投以北（含宜花東）　楨彥有限公司
電話：（02）8919-3369　　傳真：（02）8914-5524
雲嘉以南　威信圖書有限公司
（嘉義公司）電話：（05）233-3852　　傳真：（05）233-3863
（高雄公司）電話：（07）373-0079　　傳真：（07）373-0087
馬新地區總經銷／城邦（馬新）出版集團 Cite（M）Sdn Bhd
電話：603-9057-8822　　傳真：603-9057-6622
E-mail：cite@cite.com.my
香港地區總經銷／城邦（香港）出版集團 Cite（H.K.）Publishing Group Limited
電話：852-2508-6231　　傳真：852-2578-9337
E-mail：hkcite@biznetvigator.com

版　次／2022 年 5 月 1 版 1 刷　Printed in Taiwan